AF286014

g. m.

Juppstadt

Ein Verrat an Gabriele, ζ und Beate

ROMAN

Copyright ©2002 by Helga Magens

Herstellung: Books on Demand GmbH
ISBN 3-8311-1748-9

in Liebe
**für alle Weltbürger
mit Rechtsempfinden
und
Dunja Rajter mit der
Interpretation
"Ich überleb's**

Geleit

g. m. beschreibt in diesem Roman eine ganz außer gewöhnliche Situation eines Mannes, der in eine ihm offensichtlich vom Staat aufgedrängte Lebensform gerät, und letztlich nur kriminell werden kann; Im Sinne des Rechts?.
Es wird ihm alles genommen, bis hin zu seiner Identität.
Nur:

Er wehrt sich auf seine Art!

und er koppelt sich vollständig aus dem Staat und staatlichen Zwängen aus.

g. m. nennt den namenlos gemachten Mann schlicht
ζ (Zeta).
ζ's Gegenseite/Kontrahenten kommen nicht zu Wort.

Da g. m. die heutige Lebensform des modernen Stadtmenschen, die Rechtsordnungen, die Zwänge von allen Seiten, weitestgehendes ablehnt, und sich wirklich nicht frei fühlt, sondern in diesem System zutiefst abhängig wird, auch wo keine geistigen oder sachlichen Zusammenhänge hergestellt werden können, spickt g. m. diesen Roman mit aller herbster Zeitkritik, g. m. korrigiert sich:

Es ist aller herbste Zeitkritik.

g. m. empfindet diese, seine Darstellung, deswegen als ein Novum in der Literatur, sonst hätte er sich der Mühe des Schreibens nicht unterzogen.

g. m. versucht sich der neuen deutschen Rechtschreibung anzupassen.

Das ist sicherlich nicht vollständig gelungen. g. m. kann nur wenig geistigen Sinn in der 'deutschen Rechtschreibreform' erkennen der Duden als Richtlinie erlaubt ausdrücklich seine Schreibweise;

Pardon, diese Bemerkung gehört doch hier eigentlich gar nicht hin, g m. schreibt, wie er Wörter empfindet! und diesen Stil lässt sich g. m. als Splatterpunker nicht ganz nehmen.

Der Anfang

Ein Mann erwacht eines Morgens und kommt aus dem Staunen nicht mehr heraus. Er erwacht in einem ihm völlig unbekannten Schlafzimmer dessen Größe er auf circa 16 m² schätzt. Ein Zimmer, das er noch nie gesehen hat. Er legt sich zurück und fragt sich: 'Wie besoffen bist du gestern geworden. Gestern Abend hast du bis dreiundzwanzig Uhr vor deinem Rechner gehockt, dabei einen halben Liter Valpolicella, deinem Lieblingswein, getrunken und bist dann zu deiner geliebten Frau ins gemeinsame Ehebett gekrochen. Du hast dich noch ein bisschen an deine so geliebte Frau gekuschelt'. Das Einschlafen viel schwer, denn neuerdings versagen seine speziellen Tricks zum Einschlafen, die nicht aus Schäfchen zählen bestehen, sondern in der möglichst detailgenauen Rückerinnerung an mal Gelesenes bestanden haben oder dem Entwurf im Wortlaut von nie gehaltenen Referaten. Das hatte ihn immer zum Schlafen hinreichend ermüdet.

Er benutzt keine halluzinogenen Drogen wie LSD, Kokain, Speed, Marihuana, Heroin, Haschisch und was es alles geben mag. Auch an Lösungsmitteln schnüffelt er nicht.

Er startet noch in dem Bett liegend, in dem er sich wider erwartend befindet, einen Versuch indem er ruft:

»Hi Süße, bist Du schon aufgestanden, eine Tasse Kaffee könnte ich sehr wohl vertragen!«

Er erhält wie er erwartet hat keine Antwort und steht auf. 'Wie läufst du denn rum', wundert er sich. Voller Abscheu betrachtet er den Pyjama den er an hat. 'Du hast doch noch niemals in deinem Leben einen Pyjama getragen, und den, den du nun trägst, weiß-blau-grün-senkrecht gestreiftes Flanell, ist doch wirklich unter deiner Würde', über Fragen des Geschmacks möchte er an dieser Stelle nicht weiter nachdenken. Noch abenteuerlicher ist die schlichte Tatsache, dass er am linken Handgelenk eine Uhr trägt.

7

Er hat seit mehr als 20 Jahren keine Uhr mehr getragen.

Vor mehr als 20 Jahren hat er mal eine Armbanduhr ein halbes Jahr lang getragen aber ausschließlich am rechten Handgelenk, denn er ist Rechtshänder.

Obwohl er seitdem keine Uhr mit sich herumträgt hat er noch niemals einen Termin verpasst, er hat ein natürliches Zeitgefühl entwickelt, und weiß praktisch immer hinreichend genau wie spät es ist. Zumal Zeitanzeigen wie:

'es ist siebenundzwanzig-Uhr-dreiundachtzig'

auf den Zifferblättern, heute wohl Uhren Displays genannt, nicht zu finden sind.

Angeekelt nimmt er die Uhr von seinem Handgelenk und wirft sie von sich, soweit wie möglich. Dieses, ihm ekliges Gerät, Uhr genannt, landet in einer Lücke, befindlich zwischen links neben dem Schrank und der Außenwand. 'Hoffentlich piepst dieses komische Gerät nicht irgendwann oder fängt auch noch an zu stinken' fabuliert er vor sich hin.

Er reißt sich diesen komischen Pyjama vom Leib und kickt ihn angewidert mit seinem rechten Fuß von sich. Er steht nun völlig nackend in dem ihm völlig fremden Zimmer und ist froh darüber, dass er nicht auch noch eine Unterhose im Mickey-Mouse-Figuren-Outfit anhat.

Er spricht gelegentlich zu sich selber, wie es fast jeder Mensch von Zeit zu Zeit tut.

'Was ist los mit dir...' und nun stutzt er wieder, diesmal stutzt er aber noch massiver als beim Aufwachen, er kann sich an seinen Namen nicht mehr erinnern.

Er legt sich noch einen Moment hin und relaxet:

Ich erwachte in einem unbekannten Zimmer, eine Tussi (womit er nicht seine Frau meint) *ist nicht da, ich bin ausstaffiert mit Dingen die ich niemals benutzt habe oder jemals benutzen würde.'* Eine ganz fremde Welt, wie sich alsbald bestätigen wird.

Er steht jetzt wirklich völlig nackt auf, und verlässt den Schlafraum. Er findet gleich nebenan ein Badezimmer.

8

In diesem Badezimmer entdeckt er einen Bademantel, der im Design zumindest nicht ganz so grotesk ist wie der Pyjama. Er streift sich diesen uni-orangefarbenen Bademantel, der ihm bis zu den Knöcheln reicht, über, empfindet ihn aber als unmöglich. Eine Schere muss her. Er findet eine kleine Schere sicherlich als Nagelschere gedacht, obwohl sie nicht gebogen ist, im Wandschrank des Badezimmers, schneidet den albernen Bademantel in Kniehöhe einfach ab und wirft den Abschnitt angewidert in die Badewanne. Wer näht denn nun den Saum um, doch das ist nicht das momentane Problem. Er sitzt nun auf dem Rand der Badewanne und versucht verzweifelt sich daran zu erinnern wie er heißt. Er kann sich nicht erinnern.

Er kann sich nicht erinnern wie er heißt.

Er beschließt nach einiger Zeit, nun versagt sein Zeitgefühl, sich den Namen ζ zu geben um sich selber anreden zu können, denn er begreift, er muss jetzt viel mit sich selber reden.

ζ geht aus dem Badezimmer in einen Flur und entdeckt eine Küche gleich gegenüber. Diese Küche ist klein, circa 6 m², aber mit allen modernen zugehörigen Einrichtungen ausgestattet, Herd, Kühlschrank mit Tiefkühlung, Geschirrspüle, Spülbecken, Schränke mit Geschirr, Schränke mit Töpfen und Pfannen, und Schubladen mit Bestecken und Zubehör.

Dass diese Küche niemals seine Küche ist, die ζ eingerichtet hat, wird ihm sofort klar. Er empfindet diese Küche als hässlich in ihrem Design, zu viel Plastik, überhaupt kein erkennbarer Stil, völlig unpersönlich, noch nicht einmal zweckmäßig, und ist daher niemals von ζ und noch weniger von seiner Frau eingerichtet worden.

Wenigstens findet ζ eine Dose Bier im Kühlschrank, für ζ's Geschmack eine eklige, eine außerordentlich eklige Sorte, aber doch besser als Leitungswasser oder verdursten.

Der Kühlschrank beinhaltet auch andere Lebensmittel die einfach nicht zu ζ's und seiner Frau Lebens und Essgewohnheiten passen.

9

Niemals würde ζ auch nur einen Bissen eines Produktes herunterwürgen können, das sich *Müsli* nennt, das hätte ζ noch nicht einmal seinen Kindern, wenn er welche hätte, zugemutet. Müsli ist ζ wirklich zu kindhaft.

Die Zumutung des Wortes "Müsli" kann er nur Kindern unter 3 Jahren, die noch nicht lesen können, aufschwatzen.

'Iss dein Müsli und mach dann dein Bäuerchen'!

Ein Mann isst niemals Müsli, genauso wie ein Mann niemals tanzt!

Kein einziges der vorhandenen Lebensmittel in diesem Kühlschrank hätte ζ oder seine geliebte Frau jemals gekauft.

ζ inspiziert die Räume in denen er gelandet ist. Er befindet sich in einer ihm völlig unbekannten 2-Zimmer-Wohnung bestehend aus einem Wohnzimmer, Schlafzimmer, Bad und Küche, mit einem kleinen Flur und einer Wohnungseingangstür.

Alle Gegebenheiten sind ihm völlig fremd.

Alles ist geschmacklos hässlich und vom Einrichtungsstil völlig unausgewogen.

Das Wohnzimmer, etwa 25 Quadratmeter groß, grenzt schon an Kitsch. Für ζ ist das Kitsch. Die mit Raufaser tapezierte Decke ist weiß gestrichen. In der Mitte der Decke befindet sich ein Messingkronleuchter mit Glitzerkram. Die Wände sind mit einer Tapete eines kaum zu beschreibenden Musters in den Farben rot, pink, oliv und hellgrün ausgestattet. Der Fußboden ist mit einem Teppich aller einfachstem Plastik- (leider kein Plastik) Qualität in einem wieder schwer zu beschreibenden unregelmäßigen Muster in den Farben gelb, violett, weiß, hellblau und rosa ausgelegt.

Die Gardine an der circa vier Meter breiten Fensterfront ist rotgrün-gelb im Winkel von fünfundvierzig Grad gestreift. Das sieht wirklich toll aus.

Dann erst das Mobiliar. Rechts vom Eingang befindet sich ein auf Alt-Eiche getrimmter Spanplatten-Plastik-Schrank, daneben ein echter Buchenschrank.

10

ζ erblickt eine Couchgarnitur in blau-pink-Muster und einen auf Marmor getrimmten Couchtisch. Dann befindet sich auch noch ein Fernseher in dem Raum.

ζ kann nicht mehr hinsehen, ihm wird richtig schwindlig übel und schließt mit lautem Knall die Tür.

ζ zieht sich wieder in das halbwegs annehmbare Schlafzimmer zurück und denkt: 'Wo ist ...?', er sucht verzweifelt nach dem Namen seiner Frau.

Er kann sich an ihren Namen nicht erinnern.

ζ legt sich wieder hin in der Hoffnung, dass dieser Alptraum vorübergehen mag und schläft wieder ein.

Als ζ wieder aufwacht bleibt er liegen und wirft seine Gehirnkiste an und hält Zwiesprache mit sich

'Wie heißt du?' "ζ" meldet sein Kleinhirn;

'Quatsch, wie lautet mein Name?' "ζ-Punkt" meldet sein Kleinhirn;

'Quatsch, wie heißt meine Frau?' keine Antwort; nächste Frage:

'Wo wohne ich?' keine Antwort; nächste Frage:

'Wann bin ich geboren?' "17.5.1968"; na also; nächste Frage:

'Wie heißt deine Mutter?' "Mutti" meldet sein Kleinhirn;

'Quatsch!'

'Wie heißt dein Mathematikprofessor der das launige Wort PIPAPO? geprägt hat?' keine Antwort; nächste Frage:

'Wo bist du geboren?' keine Antwort; nächste Frage:

'Wer war der erste Präsident dieses Staates?' keine Antwort; nächste Frage:

'Wie ist der Name dieses Staates?' keine Antwort; nächste Frage:

'Welches Datum haben wir heute?'

"zweindzwanzigster-zehnter-zwanzighunderteins", na also; das muss sich ζ merken und ritzt das Datum mit seinem Fingernagel in die Tapete über dem Bett; nächste Frage:

'Albert Einsteins berühmteste Erkenntnis lautet?' "m = E" na

11

also; es geht doch; nächste Frage:

'Wie lautet deine Telefonnummer zu Hause?' keine Antwort; nächste Frage: et cetera, et cetra.

ζ betreibt dieses Spiel, Spiel?, bis zu seiner völligen Erschöpfung. Er muss erkennen, dass er sich an keinen Namen ihm persönlich bekannter Menschen mehr erinnert, dass er sich an keine Straßen-Ortsnamen erinnert, und an keine Telefonnummern.

ζ hat doch visuelle Erinnerungen zu seinen Fragen, er weiß wie seine Mutter ausgesehen hat, er weiß wie seine Frau aussieht, wie seine Wohnung bis ins kleinste Detail eingerichtet ist, er hat ein schwarzes ISDN Tastentelefon mir einzeiligem LCD- Display, er hat die Bilder seiner Straße, seiner Stadt vor Augen.

ζ erinnert sich vorhin im Wohnraum ein Telefon gesehen zu haben. Angewidert geht ζ in das Wohnzimmer, nimmt den Hörer ab und stellt fest: Nix Telefona, Telefona seien tot. Zu gern hätte er die Auskunft nun mit so dusseligen Fragen wie 'welchen Tag haben wir heute?', 'wie heißt diese Stadt hier?' und anderes versucht zu erfragen. Wohl wissend, dass er allenfalls auf maximal drei Fragen eine Antwort erhalten hätte, bis die Leute sich, von ihrer Seite sicherlich zu recht, verscheißert gefühlt hätten.

ζ versucht den Fernseher in Betrieb zu setzen, irgendwie gelingt das auch. Er ist darin nicht sonderlich geübt. 'Da muss es doch Nachrichten, oder was die Fernsehmacher Nachrichten nennen, geben' denkt ζ. ζ hockt sich vor die Kiste und wartet in der Hoffnung irgendwie so eine Sendung zu erwischen. Nach Ansehen von einer Stunde völligen Blödsinn schaltet ζ die Fernsehkiste entnervt aus.

Internet müsste man haben, ζ kann aber keinen Rechner entdecken und hätte eh wenig Hoffnung einen funktionierenden Modem-Anschluss vorzufinden auf Grund seiner Erfahrung mit dem Telefon in dieser Wohnung.

12

ζ beschließt für diesen Tag nichts weiter zu unternehmen, irgendwer wird hier schon aufkreuzen, denkt er und schläft erschöpft beim intensiven Rückruf an Begebenheiten aus seinem Leben wieder ein.

ζ muss aber später erkennen, dass niemand aufkreuzt und sich niemand sehen lässt.

Gegen sieben Uhr am nächsten Morgen wacht ζ wieder auf, wirft sich den Bademantel über, da er keinen Kaffee finden kann besorgt er sich eine Dose Bier aus dem Kühlschrank, und beschließt die Wohnung etwas genauer zu inspizieren. Zunächst ritzt er aber mit seinem Fingernagel unter das gestern erfasste Datum eine '+1' ein. Wo mag nur seine dunkle Brille sein, die könnte er jetzt gut gebrauchen. ζ fängt im Schlafzimmer an und durchsucht jeden Schrank, jede Schublade, jedes Fach. Was er findet erschreckt und erheitert ihn zugleich. Er findet keinerlei Frauenutensilien, keine Röcke, Blusen, Kostüme, Kleider, Hosen, Strumpfhosen, Dessous.

ζ ist enttäuscht, hätte er jetzt doch mal in aller Heimlichkeit gern einen Damenslip von einer ihm unbekannten Frau angezogen, das soll ganz toll geil sein, wie ζ oft gehört und gelesen hat. ζ hat das noch niemals ausprobiert, empfindet jetzt aber wirklich Lust darauf. Seine Lust findet aber keine Befriedigung.

ζ findet im Kleiderschrank reihenweise Klamotten, und kann sich vor Lachen kaum halten. Sieben groteske Anzüge findet er vor, siebzehn wirklich hübsche Krawatten, nur leider für ζ 's Geschmack alle völlig daneben, wie jede Krawatte, ζ ist niemals Krawattenträger gewesen, er weiß noch nicht einmal wie man eine Krawatte bindet.

ζ findet nichts nach seinem Geschmack, keine Jeans, keine Lederklamotten, keine T-Shirts, keine adidas Joggingschuhe oder wenigstens puma. Keine Camel-Boots, nichts was ζ zu tragen gewohnt ist.

ζ nimmt den annehmbarsten Anzug aus dem Kleiderschrank und probiert ihn an. In etwa ist das seine Größe, die Jacke passt,

13

die Hose ist wie üblich vom Schnitt völlig unmöglich; nur Wrangler Jeans passen ihm, nur in passenden Hosen fühlt sich ζ wohl.

ζ bleibt keine Wahl, er muss sich mit den von ihm vorgefundenen Kleidungsstücken abfinden und bekleidet sich mit grünen Socken doch lieber als mit roten, die er als Alternative vorfindet, mit einem weißen Hemd und dem einzig annehmbaren Anzug in dunkelblau leicht weiß gestreift. ζ betrachtet sich im Spiegel im Bad und sinniert vor sich hin: 'Hübsch siehst du aus, wo willst du denn in diesem Outfit hingehen? Na, wenn dich ein Bekannter sieht, wird er dich wenigstens nicht erkennen'.

Zunächst will ζ nirgendwo hingehen. ζ durchsucht die Wohnung weiter. Er geht ins Wohnzimmer und vermisst nun wirklich seine dunkle Brille, denn das Interieur des Wohnzimmers tut seinen Augen außerordentlich weh.

ζ durchstöbert das Wohnzimmer, öffnet alle Schränke und Schubladen und findet nur groteskes Interieur, Pressglas-Gläser, und Kitsch und alberne Unsinns-Produkte.

Aber in einer Schublade findet ζ eine Mappe mit Dokumenten/ Papieren:

Diese sind alle ausgestellt auf den Namen

Willibald Balthasar.

Er findet einen Personalausweis, einen Pass, einen Führerschein, einen Kraftfahrzeugschein, eine Bankcard, Versicherungsdokumente und andere Dokumente; alle ausgestellt auf den Namen Willibald Balthasar.

Auch wenn du deinen eigentlichen Namen vergessen hast, so hast du nie geheißen, sonst hättest du deine Mutter und deinen Vater schon im zarten Alter von fünf Jahren schlicht abgemurkst; hast du aber nicht, denn an die Beerdigung deiner Mutter vor fünfzehn Jahren kannst du dich genau erinnern. Also hast du niemals Willibald Balthasar geheißen.

ζ erschrickt, die Fotos in den Dokumenten zeigen sein Konterfei. Er geht ins Bad stellt sich vor den Spiegel und vergleicht

14

sein Spiegelbild mit den Fotos, es handelt sich eindeutig um ein und dieselbe Person, halt nur eben gespiegelt. Auf den Fotos ist kein identifizierbarer Hintergrund erkennbar und sie müssen etwa drei Jahre alt sein schätzt ζ, auf Grund der Haartracht oder sollte ζ eher von damaliger Haarpracht sprechen? denn heute trägt ζ eine 3-Tages-Glatze.

Er durchstöbert die Wohnung weiter, ein klein bisschen schlechtes Gewissen hat ζ, ist es doch nicht seine Wohnung. Kein einziges Teil, das er vorfindet hat jemals ihm gehört. ζ findet immer nur Gegenstände die niemals zu seinen Lebensgewohnheiten hätten gehören können oder auch nur annähernd nach seinem Geschmack wären: einen Trockenrasierapparat, rote Socken, siebzehn Krawatten, keine einzige aus Damen-Netzstrümpfen gefertigt, einen Regen- schirm, und weitere Unsinnigkeiten, ζ findet *nur* Unsinnigkeiten.

ζ findet kein einziges Buch. Wieder ein eindeutiger Hinweis, dass diese Wohnung niemals seine sein könnte.

In ζ 's Wohnung hätte er Bücher, Tandemrasierklingen, Lederklamotten, Jeans, Joggingschuhe und Computer vorgefunden.

ζ findet aber auch Bargeld in einer Höhe, dass er etliche Tage, wo auch immer er sich befinden mag, überleben kann.

Er deponiert dieses Geld hinter dem Spiegelschrank im Badezimmer, in der Hoffnung, dass er es morgen wieder findet.

Der Blick auf die Wohnungseingangstür ist aber interessant, warum ist ihm das, was er sieht, bislang entgangen? Da hängt ein Schlüsselbund.

ζ geht auf die Tür zu und stellt fest: sie ist abgeschlossen, von innen? wie es aussieht. Er nimmt das Schlüsselbund ab und stellt fest, es besteht aus vier Schlüsseln: einer eindeutig für das Schloss der Wohnungstür, ein weiterer könnte zum Schloss der Hauseingangstür gehören, ein weiterer könnte auf Grund seiner Einfachheit zu einem Briefkasten passen, der vierte ist eindeutig ein Autoschlüssel, zugehörig zu einem Ford.

'Du hast doch noch niemals in deinem Leben einen Wagen von

15

der Firma Ford gefahren.' denkt ζ.

ζ kehrt in den einzigen für ihn einigermaßen annehmbaren Raum, das Schlafzimmer, zurück und denkt über seine Lage und Situation nach.

AZRAEL geht ihm nicht aus dem Sinn, und er grübelt und grübelt und grübelt, bis er wieder einschläft, ohne, wie es seiner Gewohnheit entspricht, noch etwas zu lesen.

Der erste Ausgang

ζ erwacht am nächsten morgen wieder so gegen sieben Uhr, eine wirklich ungewohnte Zeit für ihn, gehört es doch zu seinem Lebensstil frühestens um acht Uhr aufzustehen. Niemand hat sich sehen lassen. ζ schaut zunächst einmal hinter den Spiegel, das Geld ist noch da. Er duscht und zieht wieder den Anzug von gestern an. ζ betrachtet sich im Spiegel und murmelt vor sich hin 'wenigstens siehst du mit dem Drei- Tagesbart und der Sechs-Tages-Glatze noch einigermaßen menschlich aus'.

ζ hat nun einen festen Plan, er will die Wohnung verlassen, um sich zu orientieren. Passende Schuhe werden nun zum Problem für ζ. Die Schuhe, die er vorfindet sind ja in etwa seine Schuhgröße, aber mit ungewohnter steifer Sohle. Es hilft nichts, ζ zieht glatte, schwarze, fast neue Schuhe an und versucht damit zu gehen. Er kommt sich vor wie eine Sennerin, die ihre Alm noch niemals verlassen hat und nun auf Plateau-Schuhen mit 6 cm dicken Sohlen und 12 cm hohem Absatz gehen muss. Ein wirklich tolles, affentittengeiles Gefühl ist das wie ζ feststellt. Eine halbe Stunde verbringt ζ damit auf den Schuhen die er an hat laufen zu lernen. Irgendwie besteht er seine auferlegte strenge Selbstprüfung.

ζ rüstet sich zu seinem Ausgang. Er steckt die gesamte Barschaft in die Tasche, er nimmt den Führerschein, den Kfz-Schein und den Pass mit und er steckt die Bankcard ein.

Er schließt die Tür auf, zieht den Schlüssel ab und öffnet vorsichtig die Wohnungstür. Bei geöffneter Tür probiert ζ den Schlüssel von außen, er funktioniert, daraufhin wirft ζ die Wohnungstür mit lautem Krach zu und steht in einem nichts sagendem Weißgekalktem Treppenhaus mit Kunststein-Treppen und vermerkt 'noch nicht einmal zu Terrazzo hat es gelangt'. Er läuft die Treppen hinunter und stellt fest: er wohnt in der vierten Etage. ζ hat noch niemals in einer vierten Etage gewohnt.

Auf dem Weg zum Haus-Ein-Ausgang entdeckt ζ Briefkästen

17

einen mit dem Namensschild Willibald Balthasar, sein Briefkasten-Schlüssel passt. Er sichtet den Inhalt des Brief- kastens und vermerkt nur idiotischen Werbeschrott, den er verächtlich in den Hausflur wirft, möge sich doch der von *ihm* nicht bezahlte Hausmeister darum kümmern. ζ probiert den dritten Schlüssel an seinem Bund an der Haustür und stellt fest, er passt von innen und von außen, und ζ verlässt das Haus. Er befindet sich in einer ihm völlig fremden zweispurigen und baumlosen Straße. Links oder rechts gehen ist die Frage. ζ kramt eine Münze aus der Hosentasche, Geier links gehen, Fratze rechts gehen sind die Spielregeln und er wirft die Münze in der Hoffnung keine Fratze sehen zu müssen. ζ hat Pech Fratze fällt, so dass ζ nach rechts geht. An der ersten Kreuzung bleibt er stehen, und merkt sich die Straßennamen, Tigerstraße/ Veilchenweg.

ζ wohnt in der Tigerstraße, die Hausnummer hat er sich nicht gemerkt, er wird das Haus aber sicherlich wieder finden.

Fratze erweist sich als ein guter Wurf, ζ bewegt sich in Richtung des Zentrums der Stadt, wohin ζ wollte.

Im ersten Kiosk den ζ entdeckt sieht er sich um, und kauft sogar ganz gegen seine sonstigen Gewohnheiten Zeitungen, alle vierzehn Typen, in der Hoffnung, dass ein Lokalblatt darunter ist. ζ wandert weiter, und erspäht ein Brillengeschäft, nichts wie rein mit seinem Zeitungsstapel unter dem Arm denkt ζ und ersteht die dunkelste Sonnenbrille, die dieser Laden zu bieten hat. ζ kommt sich nun nicht mehr ganz so nackend vor.

Zwei Häuserblocks weiter ist ein kleiner Park, ζ setzt sich auf eine Bank und besieht sich seine Zeitungen. Er interessiert sich nur für das Datum und den Ort in den es ihn verschlagen hat. Das Datum ist eindeutig:

dreiundzwanzgster-zehnter-zwanzighunderteins und entspricht dem auf ζ's Vermerk in dem Schlafzimmer.

Ein richtiges Lokalblatt ist nicht unter ζ's Zeitungseinkäufen.

Der andere Stuss, der in den Zeitungen steht, Politikergesülze, Erdbeben, Zugunglücke, Pornos, et cetera, et cetera interessiert

18

ζ herzlich wenig.

Nur eine Meldung bringt ihn zum Schmunzeln:

Polizeihelikopter abgestürzt: 4 Tote: die Unfallursache: Unfähigkeit des Polizeipiloten; na also es geht doch, Mord und Selbstmord wegen Dusseligkeit.

ζ betritt den nächsten Laden und fragt so eine Mieze vom Personal:

»Hi Baby, ich hab mich irgendwie verfahren, kannst Du mir sagen in welchem Kaff ich hier gelandet bin?«

»Ich bin nicht Ihr Baby und die Stadt heißt Rabbitcity. Haben Sie denn nicht das Orts Eingangsschild gelesen, Sie dämlicher Trottel?«

ζ tut gelassen. »Danke für die Auskunft, wann hast Du Feierabend, ich hol Dich ab, und Du zeigst mir diese komische Stadt und ich zeige Dir was anderes.«

»Kommen Sie ruhig um zwanzig Uhr vorbei, mein Mann wird mich abholen, ich warne Sie, er ist Karate-Kämpfer und er trägt den schwarzen Gürtel!«

»Nichts für Ungut, fragen kann man ja mal, über den braunen Gürtel bin ich nicht hinausgekommen.« erwidert ζ und verlässt den Laden mit einem Grinsen im Gesicht, das die Süße aber nicht mitbekommt.

Rabbitcity, von so einem Ort hat ζ noch niemals gehört. Wenigstens ist ζ etwas weiter gekommen!?

ζ betritt den nächsten Laden, nimmt seine dunkle Brille ab und fragt höflich, auch das kann er, die anwesende Dame:

»Entschuldigen Sie bitte, ich hab mich irgendwie verfahren, können Sie mir sagen, wie diese Stadt heißt?«.

»Junger Mann, Sie befinden sich in Juppstadt. Wo wollen Sie denn hin?«

Um irgendetwas zu antworten sagt ζ »Ich muss nach Rabbitcity.«.

»Rabbitcity kenne ich nicht, da müssen Sie sich aber total verfahren haben, eine Stadt mit diesem Namen gebt es hier in der Gegend nicht.«

ζ bedankt sich höflich und glaubt nun er befindet sich in Juppstadt, was sich später als richtig erweist wie er erkennt.

Juppstadt, von so einem Ort hat ζ noch niemals gehört.

ζ wandert weiter, auch wenn ihm das Gehen in den Schuhen, die er anhat, schwer fällt.

Endlich entdeckt ζ einen Sportartikel-Laden, nichts wie rein und die nächsten Adidas gekauft. Der Verkäufer wundert sich als ζ nach einer Mülltonne fragt, in der er seine Schuhe entsorgen kann. Wenigstens kann er mit dem neuen Schuhzeug wieder normal gehen.

ζ ist nun auffällig mit seinem Anzug und den neuen weißen Adidas, und er entschließt sich immer auffälliger zu werden, zumindest was sein Benehmen betrifft.

ζ stoppt das nächste Taxi. Dieses trägt JU im Nummernschild, so dass ζ an Juppstadt glaubt. Er lässt sich zum nächstgelegen Jeansshop fahren und nimmt dem Taxifahrer die Umwege die er bemerkt nicht weiter übel, sieht er doch etwas von dieser Stadt, die ζ als nicht unsympathische Kleinstadt empfindet.

Die Auswahl an Hosen ist nicht so groß wie ζ es gewohnt ist. Somit erhärtet sich sein Verdacht, dass Juppstadt eine Kleinstadt ist. Wrangler ist leider in seiner Größe und Farbe schwarz nicht zu haben, ζ muss sich mit Lee zufrieden geben deren Passform doch etwas zu wünschen übrig lässt. 'Immerhin passender als die Bundfaltenhose mit der du gekommen bist' murmelt er vor sich hin. Die Hose mit zwei spitzen Fingern in der Hand fragt seine Verkäuferin ζ ob sie die Hose einpacken soll, doch ζ fragt nach einer Mülltonne. Sie sieht ihn ebenso erstaunt an wie der Schuhverkäufer vor einer Stunde, und mag sich über die verkommenen Auswärtigen wundern. Dass er kein Eingeborener ist muss sie sofort gemerkt haben, denn er spricht wirklich einen anderen Dialekt.

ζ fragt die Verkäuferin noch nach einem Geschäft in dem er eine Lederjacke erstehen könne, und erhält eine Wegbeschreibung. 'Zweite Straße links, an der Tankstelle vorbei, gleich darauf nach rechts, 100 m weiter zur Abkürzung in einen Fußgängerweg, bis zur Straße, die Franz-Joseph heißt, von daraus schräg gegenüber in die ...' et cetera, et cetera.

Das findest du nie, denkt ζ macht sich aber dennoch in die angegebene Richtung auf den weg und hält Ausschau nach einem Taxi. Irgendwie gelingt es ihm doch ein Geschäft das Lederjacken führt zu finden, ob es das ist, welches die nette Verkäuferin gemeint hat, wagt ζ zu bezweifeln, ζ ist das wurscht, Hauptsache er erhält eine ordentliche Lederjacke. Er ersteht die einzige Schwarze, die das Geschäft vorrätig hat und sie passt sogar einigermaßen. Nach einem 'Hells Angels' -Aufnäher wagt er nicht zu fragen, aber nach einer Müllbox. Der Verkäufer weigert sich schlicht ζ's nun überflüssige Anzugjacke zu entsorgen, ζ muss sie mitnehmen. ζ findet im nächsten Haus einen Müllcontainer und wirft die Jacke verstohlen hinein, ist es doch strengstens verboten Müll in fremden Boxen zu entsorgen, er kennt sogar Leute in seiner Heimatstadt, die ihre Müllcontainer in der Fort-Knox-Manier gegen den illegalen Zugriff Dritter sichern.

ζ hat wider jedes Erwartens Glück, zwei Minuten nachdem er das Geschäft, in dem er die Lederjacke gekauft hat, verlassen hat, fängt es an zu regnen. Er freut sich über den Regen, Regen ist schön, richtig schönes Wetter und er ist angemessen bekleidet. Seine Klamotten kann er immer tragen, bei jeder Witterung. ζ grinst innerlich vor sich hin, 'in deinem komischen Outfit von vor drei Stunden würdest du aber ganz schön blass und in 3 Minuten ganz schön nass aussehen, und erst deine Dauerwelle verträgt doch wirklich keinen Tropfen Wasser'.

ζ schließt messerscharf: Die Wohnung, in der er sich vor zwei Tagen vorgefunden hat muss einem unsportlichen Anzug- Krawattentragendem, mit von Dauerwelle vergewaltigtem Haar, mit deformierten Füßen gehören.

21

Kein *Mann* trägt jemals einen Regenschirm!

An der nächsten dunklen Scheibe an der ζ vorbeikommt, betrachtet er sich, wenigstens sieht er wieder so aus, dass er sich selbst wieder erkennt und anerkennt; die komischen grünen Socken sind nicht erkennbar.

ζ wird sie in allernächster Zeit ersetzen müssen, aber heute hat er noch Wichtigeres zu tun.

ζ hat langsam die Orientierung zu seiner momentanen Wohnung verloren, er befindet sich offenbar im Zentrum von Juppstadt und schlendert herum. ζ entdeckt eine Bank mit dem Namen seiner Bankcard, und erreicht gerade eben noch vor Schließung das Lokal. Er steckt seine Karte in den Kontoauszugsautomaten und erhält die Information auf dem Display "Auszugsausgabe gesperrt". ζ geht auf den Geschäftskontenschalter zu und bevor er etwas fragen kann muss er sich schon wieder anhören: »Die Filiale ist geschlossen.« ζ setzt eine grimmige Miene auf und verlangt energisch den Geschäftsführer zu sprechen, der sich ihm auch widmet.

»Was kann ich für Sie tun mein Herr?« fragt er. ζ legt ihm seine Bankcard vor und bittet äußerst höflich aber bestimmt und verbindlich um den Kontostand und um die letzten Auszüge.

»Ich war einige Zeit im Ausland und konnte und wollte mich um mein Konto bei Ihrer Bank nicht kümmern. Doch nun bin ich zurück.« lügt ζ.

»Ich check das mal eben Herr Balthasar.« entgegnet er und setzt sich nach Feierabend, die Filiale ist längst geschlossen, an ein Terminal.

ζ erhält nach ein paar Minuten die Auskunft vom Filialleiter:

»Ihr Konto ist noch vorhanden Herr Balthasar, aber Kontoinformationen sind mir und auch Ihnen aus zurzeit unergründlichen Anordnungen gesperrt. Brauchen Sie Geld von Ihrem Konto? Sie können Barauszahlungen am Geldautomaten vornehmen.«

»Ich habe aber meine PIN vergessen.« lügt ζ lässig.

Der Filialleiter schreibt die PIN auf einen Zettel und wünscht ζ viel Glück, eine Bemerkung über die ζ sich wirklich wundern muss; da kommt Denkarbeit auf ihn zu, da ist er sich sicher.

ζ verlässt die Filiale und kann es sich nicht verkneifen den Geldautomaten der Bank auszuprobieren.

ζ fordert den Betrag von Tausend an und erhält ihn anstandslos in zehn Hundertern ausgezahlt.

ζ beschließt sich langsam zurück in die Tigerstraße zu seiner? Wohnung zu begeben. Na wenigstens verfügt er über mehr Bargeld in der Tasche als heute morgen, als er aufgebrochen ist; irgendwie hat er das auch verdient, liegt doch ein arbeitsreicher Tag hinter ihm.

Was Ladys, Damen, Frauen, Weiber und Tussis so aufregend am Shopping finden, kann ζ wirklich nicht nachvollziehen. 'Frust lass nach.' denkt ζ.

ζ entdeckt eine Buchhandlung auf seiner Wanderschaft durch die City und ersteht einen Stadtplan von Juppstadt, und zwei Paperbacks von Clive Barker, ζ's momentanen Lieblingsautor.

ζ findet ein Taxi, dessen Fahrer offenbar keine albernen Umwege nach Tigerstraße praktiziert. Er bezahlt den Fahrer mit reichlichem Trinkgeld und wird den Verdacht nicht los, dass er Angst vor ihm als eingeschätzter Mafiosi hat.

'Hosenpisser' denkt ζ und erfreut sich seines Outfits.

ζ begibt sich nach kurzer Runde durch die komische Wohnung in sein? Schlafzimmer, versucht etwas Clive Barker zu lesen und schläft nach wenigen Minuten ein.

Er erwacht erst wieder zu seiner gewohnten Zeit gegen acht Uhr, ein weiterer Schritt zur Wiederherstellung seiner Normalität?

ζ kleidet sich mit den gestern erstandenen Klamotten an, nur bei den Socken zögert er, für diesen Tag wählt er rote; beschließt aber noch heute neue Socken zu kaufen.

Er studiert den Stadtplan von Juppstadt und erkennt die Struktur der Kleinstadt, in der er sich auch ohne den Plan zurechtfinden wird.

ζ verlässt die Wohnung, die er niemals als seine Wohnung anerkennen kann, ohne Stadtplan und schlägt den Weg in Richtung Zentrum von Juppstadt ein.

Mit seinen neuen Joggingschuhen muss er wenigstens nicht mehr das Gefühl haben auf Plateau-Schuhen mit 6 cm dicken Sohlen und 12 cm hohem Absatz zu wackeln.

Zunächst kauft ζ neue Socken, fünf Paar weiße und fünf Paar schwarze. Im nächstgelegenen nicht abgeschlossenen Hausflur wechselt er die albernen roten Socken gegen schwarze, nun sieht er wenigstens wieder so aus wie er sich in Erinnerung hat. Die roten Socken, die leider noch nicht riechen, entsorgt ζ in zwei Briefkästen, und stellt sich nun zu seinem Vergnügen vor, dass in diesem Hause darüber debattiert wird die Haustür auch tagsüber abgeschlossen zu halten. 'Jupptowner, ich werd euch schon noch Manieren beibringen' denkt ζ.

ζ sucht nun das Sportartikel-Geschäft auf, wird wieder erkannt, ersteht einen handlichen Baseballschläger und wird irgendwie das Gefühl nicht los, dass der Verkäufer nun die Schuhe trägt, die er, ζ, gestern zurückgelassen hat. 'Na das sind doch seine Füße, und mit seinen Füßen kann er machen was er will, sind es doch seine Füße' grinst ζ vor sich hin.

ζ ersteht in der Buchhandlung, in der er gestern den Stadtplan von Juppstadt und die Bücher von Clive Barker erstanden hat, umfangreiches Kartenmaterial. Auch hier wird er sofort wiedererkannt, trotz oder wegen seiner dunklen Brille? ζ versucht noch ein bisschen mit der Verkäuferin anzubändeln, aber über einen unverbindlichen Smalltalk kommt er und will er nicht hinaus. ζ hat seine Hintergedanken, eventuell kann ihm diese Frau mal einige Informationen geben.

ζ kommt an seiner Bankfiliale vorbei und er kann sich nicht verkneifen seine Bankcard am Geldauszahlungsautomaten zu testen. Er fordert eintausend an und erhält den Betrag wie gestern anstandslos ausgezahlt in Form von zehn Hundertern.

ζ setzt sich in ein Straßencafé und bestellt einen Kaffee und grübelt: 'Irgendetwas, vieles, alles stimmt hier nicht.'

ζ begibt sich auf den Rückweg zu der Wohnung in der Tigerstraße, zu der er einen Schlüssel hat, und relaxt, selbstverständlich in dem Schlafraum, selbst mit seiner dunklen Brille wird das Wohnraum-Interieur seinen Augen über jede erträgliche Schmerzgrenze weh tun.

ζ denkt nach, er kommt aber zu keiner wirklich schlüssigen Folgerung.

Er verlässt die Wohnung wieder, der Briefkasten ist wieder mit Reklamescheiße zugestopft. Diesmal stopft er die unsinnige Papierflut einfach in den Kasten 'Hausmeister', liegen doch die von ihm gestern in den Flur hingeworfenen Unsinnigkeiten immer noch da.

ζ geht zu seinem Optiker.

»Eine noch dunklere Brille als Sie gestern gekauft haben kann ich leider nicht liefern.« wird er begrüßt.

»Ich dachte nicht an eine weitere Brille, ich interessiere mich für ein nachttaugliches Fernglas.« fordert ζ.

ζ ersteht ein Fernglas für über 500.- und bemerkt für sich: 'du hast schon wieder fast soviel Geld ausgegeben, wie du eingenommen, geschweige denn verdient hast.'

In dem Supermarkt ersteht er noch ein paar für ihn lebenswichtige Getränke und Esswaren.

ζ geht in die Tigerstraße zurück, bringt die Socken und das Kartenmaterial und den Lebensmitteleinkauf in die Wohnung und macht sich nun auf die Suche nach dem Auto dessen Schlüssel er mit sich herumträgt.

Nach den Papieren handelt es sich um einen Ford 'Sierra' unbekannter Farbe mit dem Kennzeichen JU-HU 365. 'Wie mag bloß ein Ford Sierra aussehen?' grübelt ζ vor sich hin.

In dem Haus in das es ihn verschlagen hat findet er keine

25

Garagen; keine Tiefgarage, keine ebenerdigen Garagen und keine Kfz-Abstellplätze.

ζ entschließt sich den Wagen mit dem Kennzeichen JU-HU 365 auf den Straßen von Juppstadt zu suchen.

Er verfolgt die Strategie Häuserblock für Häuserblock, angefangen von der Tigerstraße rundum abzusuchen, mit immer weiterem Umfeld, immer weiterer Kreise. Er nimmt seinen Stadtplan und einen Bleistift mit.

ζ umrundet systematisch Block für Block und sucht. Langsam schon schmerzen seine Füße auch mit seinem bequemen Schuhzeug.

Er will gerade für diesen Tag aufgeben, da hat er ihn, den Wagen mit dem Kennzeichen JU-HU 365. Es ist tatsächlich ein Ford Sierra in der Farbe silbermetallic, wenigstens beweist der Halter hier Geschmack zumal es sich auch um keine Dieselklamotte handelt. Der Schlüssel von seinem Bund passt. Juhu. ζ weiß nun auch wie ein Ford Sierra aussieht. ζ setzt sich in den Wagen, richtet den Fahrersitz und die Spiegel auf seine Fahrposition ein und versucht den Wagen zu starten. Mit ein bisschen stottern springt der Motor an. Wo mag bloß in so einem Auto der Rückwärtsgang liegen; ζ findet ihn und rangiert den Wagen aus der Parklücke und fährt zur Tigerstraße und findet direkt vor seinem Haus eine Parkmöglichkeit, ganz im Gegensatz zu seiner Erinnerung an seine Herkunftsstadt, in der um diese Zeit, es ist mittlerweile zwanzig-uhr-zweiundzwanzig, Parkmöglichkeiten nur schwer auffindbar waren. Seine geliebte Frau hatte da immer mehr Glück, und ζ sehnt sich seine Frau herbei.

ζ begibt sich in die komische Wohnung zurück, holt sich aus dem Kühlschrank eine Dose seines Bieres und begibt sich in das Schlafzimmer versucht noch ein wenig zu lesen, schläft aber alsbald ein.

26

ζ *haust provisorisch*

Niemand lässt sich in der Wohnung sehen, niemand schickt eine Nachricht, niemand ruft an, es könnte ja in der heutigen Zeit mit dem Telefonsalat sein, dass Anrufe an einen Anschluss durchgestellt werden können, aber nach außen von dem Apparat nicht telefoniert werden kann.

ζ beginnt am folgenden Tag mit intensiver Denkarbeit. Seine Lage und wie er in diese Situation geraten ist, bleibt ihm zunächst unverständlich und wird immer unverständlicher je weiter er darüber nachdenkt und darüber grübelt. Zunächst reagiert er sich ab, in dem er anfängt den allerhässlichsten Plunder, der seine Augen so verletzt aus dem Wohnraum zu demontieren, beziehungsweise abzureißen. Als erstes sind die Gardinen dran, abreißen und im Keller in die Müllcontainer entsorgen, Müll zu Müll. ζ verstaut alles Augen verletzende in irgendwelchen Schränken oder frequentiert wieder die Müllboxen.

ζ arbeitet einen ganzen Vormittag daran. Nachdem das Outfit des Zimmer nicht mehr dem Rechtstatbestand der aktiven Körperverletzung in sich trägt, und ζ den Tisch und einen Stuhl in die Mitte der freien Fläche gerückt hat, fängt er an seine gestern erworbenen Kartenwerke zu inspizieren, er sucht Juppstadt. Juppstadt ist nicht auffindbar, so dass sein Misstrauen weiter wächst. ζ fängt an herauszubekommen, ob er irgendwie beobachtet wird, er ist kein Profi in Bezug auf verdeckte Fahndungen, er ist aber sicher, dass er eine Überwachung gegen ihn irgendwann erkennen wird. Mit seinem Fernglas sucht er nun die Fenster der ihm gegenüberliegenden Häuserfront ab. Er kommt sich wie ein Spanner vor. Das ist doch nicht seine Art. Spannerei ist doch eine Tätigkeit von Perversen, hierzu zählt ζ auch die Staatsspinner. ζ kann in den gegenüberliegenden Wohnungen niemanden entdecken, geschweige denn jemanden, der in Richtung seines Zimmers schaut. Irgendwelche Kameras kann er auch nicht entdecken.

ζ sucht nun indem er näher an das Fenster geht weiter, und bezieht die in der Straße geparkten Autos mit ein, er kann nichts Verdächtige entdecken, allenfalls einen blauen Kleintransporter mit der Werbung einer Klempnerei der in ca. 100 m Entfernung geparkt. In unregelmäßigen Zeitabständen wiederholt ζ diese Prozedur. Gegen sechzehn Uhr ist auch der Kleintransporter verschwunden.

ζ wird aber das Gefühl, dass er beobachtet wird nicht los. Auch die Rückfront bezieht ζ nun in seine Beobachtungen mit ein. Er kann nichts entdecken, er beschließt aber wachsam zu sein.

ζ wird sich auch angewöhnen das Haus nur noch durch den Hintereingang zu verlassen, er muss dann nur zwei Mauern in der Höhe von zwei Metern überspringen und erreicht dann den Veilchenweg.

Betreten wird er das Haus aber ausschließlich durch den Vordereingang, das ist ζ sich schuldig.

Er schaltet Beleuchtungen ein, insoweit als es für alle Zwecke rund um die Uhr ausreicht und er wird diese Beleuchtung niemals verändern, ob er in der Wohnung ist oder außer Haus, sodass von außen so leicht keine Veränderungen erkennbar sind.

ζ ist es doch völlig wurscht wie viel 'Strom' er verbraucht, er wird niemals an irgendeinem Kraftwerk irgendeine Rechnung bezahlen, ebenso wird er niemals irgendeine Miete bezahlen et cetera.

Juppstadt ist in den Karten nicht auffindbar, da kann ζ suchen, suchen, suchen. ζ entschließt sich noch heute außer Haus zu suchen. Er verlässt die Wohnung läuft mit viel Krach die Treppe runter, zum Hintereingang rüber über den Hof, erste Mauer schwupp drüber, zweite Mauer schwupp drüber, Veilchenweg linksherum zur Tigerstraße, nun ohne Brille lässig schlendern bis zum Wagen und mit stotterndem Motor

losfahren. 'Verflucht' denk ζ und hält an, 'du hast den Stadtplan vergessen'. ζ schlendert mit Brille zurück, ein bisschen albern

27

kommt er sich schon vor, geht durch den Vordereingang ins Haus läuft zur Wohnung rauf, steckt den Stadtplan ein und wieder haut er die Wohnungstür zu, läuft mit viel Krach die Treppe runter, irgendjemand muss sich doch mal bei ζ beschweren, wie er beabsichtigt.

ζ geht zum Hintereingang rüber läuft über den Hof, erste Mauer schwupp drüber, zweite Mauer schwupp drüber, Veilchenweg linksherum zur Tigerstraße, nun ohne Brille lässig schlendern bis zum Wagen und losfahren. 'Das ist ja viel besser als jeder Frühsport' denkt ζ, obwohl er das gar nicht beurteilen kann, hat er doch niemals Frühsport getrieben, das bisschen Bumsen um sieben zählt nicht.

ζ wendet den Wagen, leider beherrscht er das Powerslide nicht, da er niemals eine Crash-Schulung mitgemacht hat, was er nun zutiefst bereut. Er will auffallen aber nicht auffällig werden. Sein Ziel ist die Stadt Juppstadt zu verlassen um irgendwelche Hinweise auf Nachbarstädte zu finden. Nach nur drei Kilometern erreicht er das Ortsausgangschild, ohne jeden Hinweis wohin denn nun diese Straße führt. ζ fährt zehn Kilometer weiter, und findet keine Straßenkreuzung und keinerlei Hinweisschild. ζ wendet ohne Powerslide und fährt zurück. 'Wenn wir in Richtung Norden nichts finden probieren wir mal die Richtung Süden' redet ζ dem Ford gut zu. Er kommt wieder zur Tigerstraße, fährt in Richtung Zentrum von Juppstadt und verlässt die Stadt bei einem Ortsausgangsschild etwa vier Kilometer vom Zentrum entfernt. Er findet wieder keinerlei Hinweis darauf wohin diese Straße führt. ζ fährt zehn Kilometer weiter, und findet keine Straßenkreuzung und keinerlei Hinweisschild. ζ wendet ohne Powerslide und fährt zurück zur Tigerstraße seine Tankanzeige steht schon, auf Reserve, er stellt den Wagen aber drei Blocks von seinem Haus entfernt ab, er geht gern zu Fuß; Hi Hi.

ζ ist nun müde geworden, liest noch ein paar Seiten Clive Barker und schläft ein, in dem vollen Bewusstsein, dass er morgen weitersuchen muss und wird.

29

Auf geht's am nächsten morgen, ζ packt wieder alles ein; alles Bargeld, Pass, Führerschein und Bankcard. Auch heute Morgen sucht ζ nach Beobachtern und kann weder vorn noch hinten noch in geparkten Wagen irgendetwas und irgendjemanden entdecken, auch der Transporter der Klempnerei ist nirgends zu sehen.

ζ benutzt den Hinterausgang und schlendert lässig zu dem Ford, er fährt zur nächsten Tankstelle, tankt den Wagen voll und macht sich auf eine Spazierfahrt, immer rund um die Stadt Juppstadt. er stellt fest, dass diese Stadt irgendwie abgelegen ist von der Zivilisation. Rundum entdeckt er nur Wälder, Wiesen und landwirtschaftliche Nutzflächen, eine nächste Stadt ist nirgends zu entdecken, eine richtige Idylle ist diese Gegend.

Gegen Mittag geht ζ mit seinen Karten in seine Buchhandlung, leider trifft er seine Verkäuferin, die er zu seiner Vertrauten machen wollte, nicht an.

ζ zieht sich in die Wohnung zurück und sucht auf den Karten nach unbesiedelten Flecken in der Größe vom Durchmesser mindestens 30 Kilometern. Er findet etliche, aber nirgends eine Stadt in der Größe von Juppstadt in der Mitte.

ζ beschließt die nächsten Tage zunächst einmal nichts weiter zu unternehmen. Er wird sich einfach treiben lassen, Tauben im Park vergiften, sich einen Blindenstock zulegen, abwarten, sein Umfeld beobachten, in seinem Gedächtnis kramen und sich sehr genau überlegen wer er war, wer er ist, und wer er in Zukunft zu sein gedenkt. Er vergisst aber nicht, jedes mal beim Verlassen der Wohnung Augenschmerzenden Plunder der Wohnung zur Entsorgung in Müllboxen mitzunehmen, und vergisst nie seinen Weg zum Verlassen des Hauses und den zum Betreten des Hauses.

Die Wohnung wird erfreulich leerer. Asche zu Asche, Müll zu Müll ist ζ's Devise, auch wenn er kein Christ ist.

Erst wenn er zu irgendwelchen Ergebnissen gelangt will er wieder aktiv werden.

30

Diese von ihm selbst auferlegte Phase des Grübelns beendet ζ schon nach zwei Tagen, nachdem er endlos scheinende Stunden in der Wohnung, auf Parkbänken, in Cafés und Eckkneipen zugebracht hat.

Er weiß nicht genau wer er war, ohne Frage; wer er heute ist, ist unergründlich; wer er in Zukunft sein will und kann, muss die Zukunft bringen.

Eigentlich möchte er nach hause, zu seiner geliebten Frau und in sein gewohntes Umfeld zurück. Nicht dass es ihm da nun so außerordentlich gut ging, nicht dass ihm seine Lebensbedingungen so richtig gut gefallen haben, aber er hatte eine Identifikation und musste sich niemals mit Willibald Balthasar anreden lassen, um so etwas zu unterbinden, dafür hat er sich ja den Baseballschläger zugelegt.

ζ verlässt die Wohnung in der gewohnten weise, er schaut noch kurz am Briefkasten vorbei, welcher leer ist, er findet keine Werbung, keinen Brief, keine Rechnung.

Er schlendert in das Zentrum von Juppstadt zu seiner Buchhandlung und trifft die Bibliothekarin an, die auf ζ einen ehrlichen, offenen und intelligenten Eindruck gemacht hat.

Offensichtlich erkennt sie ζ wieder und fragt:

»Was kann ich denn heute für Sie tun, haben Sie die beiden Barker schon ausgelesen?«

»Nein, so schnell kann ich allenfalls Fachbücher lesen, ich komme weil ich die Karten reklamieren möchte.«

»Was gibt es an den Karten auszusetzen, das sind ganz normale handelsübliche Land- und Straßenkarten.«

»Ich finde Juppstadt nicht.«

»Gehen wir besser in mein Büro, dieses Gespräch muss nicht jeder mitbekommen.« spricht sie leise und tut geheimnisvoll. In ihrem Büro kommt sie gleich zur Sache.

»Da haben Sie von Anfang an vergeblich gesucht, Juppstadt ist

31

auf *keiner* Karte verzeichnet. Den genauen Grund weiß hier keiner, da können Sie fragen wen Sie wollen.«

»Ist das hier eine militärische Sperrzone, ein Testgelände, ein nuklear verseuchtes Gebiet, ein Ort der Verbannten, ein Seuchengebiet?« fragt ζ erstaunt, »der Ort macht auf mich einen ganz gewöhnlichen Eindruck.«

»Ist er auch, mehr kann ich Ihnen leider nicht sagen.«

'Kann oder will' denkt ζ.

»Wissen Sie denn wo sich dieses Gebiet befindet, können Sie mir wenigstens dies auf den Karten zeigen?«

»Nein.« lautet die Antwort, und ζ denkt 'nun schwindelt sie aber'.

»Kann man denn diese Gegend jederzeit verlassen, oder sind wir hier irgendwie gefangen?«

»Ja.« antwortet die Bibliothekarin, und ζ kann mit dieser Antwort wirklich nichts anfangen. Er fragt aber nicht nach, das spart er sich für später auf. ζ lädt die Dame zum Abendessen ein und verspricht sie um neunzehn Uhr hier abzuholen, er warnt sie aber »Sie glauben hoffentlich nicht, dass ich mich umziehe, was ich anhabe ist das einzige tragbare, was ich zu Zeit besitze.«

ζ schlendert zu seiner Bank und kann wieder Tausend aus dem Geldautomaten ziehen, 'wenigstens hast du keine dringenden Geld Probleme' denkt ζ und fragt sich wie lange das noch so bleiben wird.

'Ohne technische Ausrüstung wirst du wohl kaum hinter das Geheimnis von Juppstadt kommen; du bildest dir doch nicht ein, dass du hier Szintilatoren oder Geigerzähler besorgen kannst, und als Chemiker bist du nicht hinreichend ausgebildet', ζ muss sich eingestehen, dass er ein miserabler Chemiker ist.

ζ entschließt sich diese Stadt sorgfältig zu beobachten, insbesondere auf Abnormitäten, bislang ist ihm wenig aufgefallen, oder doch? Er hat noch nie Polizei gesehen, na wenigstens

32

etwas, ist er doch nicht gerade deren Freund, oder besser die sind nicht seine Freunde und Helfer nun schon gar nicht. Auch seine Bank hat sich etwas ungewöhnlich verhalten.

ζ bummelt in der Stadt herum, er hat noch drei Stunden Zeit bis zu seiner Verabredung mit der Bibliothekarin, und nutzt die Zeit um das beste Restaurant von Juppstadt zu suchen, er beschließt das Restaurant 'Weißer Engel' dazu zu erklären.

Zum Abendessen führt ζ seine Bekanntschaft dorthin und Sie ist durchaus damit einverstanden.

ζ besteht auf einen schönen, ruhigen, etwas abgelegenen Tisch und als sie sich gesetzt haben sagt ζ:

»Pardon, wie nachlässig von mir, ich habe mich noch gar nicht vorgestellt. Nennen Sie mich bitte einfach ζ, wie Zeta, so wie ich mich selber seit kurzem nenne. Der Name, der in meinen Papieren steht ist irgendwie falsch, und wer mich so anredet gefährdet seine Kniescheiben.«

Sie lächelt, versteht diese Bemerkung aber nicht ganz, kann sie ja auch nicht, da sie von ζ's Baseball-Schläger und dem vorgesehenen Einsatz dieses Instruments, das ja nicht von 'Texas-Instruments' stammt, nichts weiß.

»Ich verstehe Sie nicht ganz, nennen Sie mich einfach 'Beate', und erzählen mir ein bisschen von sich, es hört sich ja sehr abenteuerlich an.«

ζ macht lediglich ein paar Andeutungen, vermerkt dabei aber, dass er nicht weiß wie er nach Juppstadt gekommen ist und lenkt ab.

Beate und ζ unterhalten sich beim Essen vorwiegend über moderne Literatur und verstehen sich prächtig.

Lediglich eine Frage gestattet ζ sich im Verlaufe des Abendessens, die er so nebenbei einfließen lässt:

»Was würde Ihrer Meinung nach passieren, wenn ich mich heute Nacht in den mir zur Verfügung stehenden Wagen, der niemals mein Wagen war, setze und die Ausfallstraße Richtung Norden befahre um diesen Bezirk zu verlassen, Beate? Leben wir hier unter Los Alamos Bedingungen? Wohl kaum.«

»Ich weiß es nicht ζ,« lügt? Beate, »ich habe es noch nie probiert, ich bin hier zu Hause.«

Beate und ζ besuchen nach dem Essen im 'Weißer Engel' noch eine Weinstube und genehmigen sich einen guten Bordeaux bei unverbindlichem Smalltalk. ζ muss sich über die Preise in Juppstadt wundern, in seiner Heimatstadt, dessen Namen ihm nicht mehr einfallen will, hätte er mindestens das Dreifache bezahlen müssen.

»Gehen wir zu mir oder zu Ihnen?« fragt Beate.

»Zu mir in keinem Fall! Eine so dunkle Brille wie Sie brauchten um die Wohnung, in der ich zur Zeit hause, geistig ertragen zu können, muss für Sie erst noch angefertigt werden; obwohl ich schon innerhalb der letzten Tage den allerschlimmsten Plunder weggeworfen, vermutlich illegal entsorgt, habe.

Lassen wir's für heute genug sein Beate. Ich besuche Sie morgen wenn es Ihnen recht ist. Sie könnten mir als Neuling in Juppstadt mal die Feinheiten der Stadt zeigen. Ich hause zur Zeit unfreiwillig in der Tigerstraße 36 IV. Etage.«

ζ ist nicht ganz fair, aber sein Misstrauen erlaubt ihm nicht jede Rücksichtnahme, Sympathie hin Sympathie her, so schnell wie James Bond lässt sich ζ nicht hinters Licht führen. Er mag Beate.

»O.K. bis morgen Zeta.« ζ lässt es sich aber nicht nehmen Beate bis zu ihrem Haus zu begleiten und gestattet sich zum Abschied ein kleines Küsschen auf ihre Wange.

Gegen Mittag des nächsten Tages sucht ζ Beate wieder in ihrer Buchhandlung auf.

»Wie wär's mit einer kleinen Kaffeepause in dem gegenüberliegenden Café?« fragt ζ.

»Ja gern, lassen Sie uns rüber gehen, ich habe gerade nichts zu tun und wollte eh eine Kaffeepause einlegen.«

34

Eine Stunde unterhalten sich Beate und ζ in dem Café 'Ole' am Platz über völlig unverbindliche Themen bis Beate sagt:
»Ich würde mir gern einmal Ihre Wohnung ansehen.«
»Diese Wohnung ist nicht meine Wohnung, Sie dürfen mich jederzeit besuchen. Ich hole Sie wie gestern um neunzehn Uhr ab.«
»Nein ich möchte die Wohnung jetzt sehen.«
»Kein Problem gehen wir rüber, das schöne an Kleinstädten ist ja, dass man alles kurz zu Fuß erledigen kann.«
ζ hält auf dem Weg zur Tigerstraße 36 bei seinem Optiker an und bemerkt:
»Wir müssen eben mal eine dunkle Brille, wie ich sie trage für Sie besorgen.«
»Ist das wirklich notwendig?«
»Ja, wenn Sie in dieser Wohnung umkippen, kann ich noch nicht einmal einen Notdienst rufen, da ich keinen Telefonanschluss habe, und auch keine Notrufnummern von Juppstadt kenne.«
»Ist ihre Wohnung wirklich so schlimm?«
»JA, aber bezeichnen Sie diese Wohnung niemals als meine Wohnung. O. K.?«
»O. K.!«
Beate fällt tatsächlich in Ohnmacht, als sie das Wohnzimmer betritt obwohl sie auf ζ's Anraten die dunkle Brille trägt.
Mund-zu-Mund-Beatmung in Zusammenhang mit einem nassen kalten Handtuch auf ihrer Stirn bringt sie nach wenigen Minuten wieder ins Bewusstsein. ζ hat sie längst in seinem Schlafraum, der ja nicht ganz so schlimm ist, auf sein Bett gelegt.
»Die Brille war nicht dunkel genug, Sie hätten mich warnen müssen Zeta. Gehen wir zu mir. Ich halte das hier nicht aus.«
'Ich habe Sie eindringlich gewarnt, wozu der Kauf der Brille?' denkt ζ sagt aber nichts.
ζ bringt Beate zu Ihrer Wohnung, er hat Glück als er kurz nach

35

Verlassen der Tigerstraße 36, diesmal durch den Vordereingang seinen üblichen Weg zum Verlassen des Hauses will er Beate nicht zumuten, eventuell hätte sie Spaß daran gehabt, ein Taxi stoppen kann.

ζ gibt dem Taxifahrer Beates Adresse an und sie erreichen in fünf Minuten ihr Haus.

»Kommen Sie zu mir mit rauf, ich brauche Sie jetzt nach dem Schock in Ihrer Wohnung. Einen richtig guten Kaffee könnte ich vertragen, und Sie sehen so aus, als ob Sie Kaffee kochen können. In meiner Wohnung, das werden Sie schnell merken, benötigen Sie Ihre Blindenbrille wirklich nicht.« Beate hat recht, ihr Zuhause ist vom Design ausgewogen, sehr feminin und daher nicht ganz nach ζ's Geschmack, aber er benötigt seine dunkle Brille in Beates Wohnung wirklich nicht. Beim Kaffeetrinken wird ein bisschen rumgeschmust, das sollte mal ζ's Frau sehen.

»Sie können hier bleiben ζ wenn Sie wollen, Ihre Wohnung ist wirklich eine nicht zumutbare Zumutung. Meine Wohnung ist groß genug für uns beide.«

»Bitte Beate, auch wenn ich mich wiederhole, das ist nicht meine Wohnung, das sind einfach Räume, in denen ich vor ein paar Tagen aufgewacht bin. Nichts Anderes!«

ζ bleibt die Nacht bei Beate, sie verstehen sich auf Grund vieler gemeinsamer Interessen und Auffassungen prächtig.

»Sie sind nicht ganz ehrlich mir gegenüber Beate,« bemerkt ζ als er Beate am morgen eine Tasse Kaffee ans Bett bringt,

»Sie verschweigen und verheimlichen Etwas, ich korrigiere Vieles! Ich kaufe Ihnen das einfach nicht ab, wenn Sie sagen Sie wüssten nichts über Juppstadt, wo Juppstadt liegt, und was Juppstadt bedeutet. Ich sehe Sie heute Abend, und wir denken bis dahin beide darüber nach, in wie weit wir uns weiter gegenseitig belügen wollen. Bis nachher Beate.« und er küsst Beate zärtlich auf die Schläfe.

ζ recherchiert an diesem Tag ausgiebig in Juppstadt auf Grund

36

eines aufgekommenen Verdachts. In Juppstadt sind keine offiziellen staatlichen Stellen auffindbar, ζ findet keine Polizei, ζ findet kein Gericht, ζ findet kein Rathaus, ζ findet kein Finanzamt, ζ findet kein Ortsamt, ζ findet keine Post, ζ findet kein Telefonamt, was ihn sehr bedenklich aber auch sehr froh stimmt,

ζ findet keine staatliche Präsenz!

'Was für eine schöne Stadt' denkt ζ und er denkt an Napoli.

ζ findet aber auch kein Hotel und keine Pension, was ihn sehr bedenklich stimmt.

ζ begibt sich in eine Telefonzelle in der City und wirft ein paar Münzen ein. 'Eigenartig,' denkt ζ 'Münztelefone sind doch seit Jahren abgeschafft!'« ζ tippt Nummern, er würde das Ziffernfolgen nennen, ein und erhält jedes Mal die Auskunft:

"Kein Anschluss unter dieser Nummer"

örtlich, national, international. Beates Telefonnummer in ihrer Buchhandlung kennt ζ nicht.

Pünktlich zum Ladenschluss um neunzehn Uhr betritt ζ die Buchhandlung von Beate.

»Hallo Beate, wie geht's, nett Sie zu sehen. Ich würde mich freuen, wenn wir den Abend zusammen verbringen könnten.«

»Gern, lassen Sie uns eine ordentliche Flasche Rotwein trinken, essen möchte ich nichts. Und wir sollten uns wirklich ernsthaft unterhalten.«

Beate und ζ suchen wieder die Weinstube, in der sie gestern waren, auf. ζ bestellt eine Flasche Château Briand und wartet. Der Kellner mustert ζ und bewegt sich nicht.

»Ich habe eine Flasche Château Briand bestellt, haben sie den Jahrgang nuenzehnhundertachtundachtzig? Bringen Sie eine Flasche vom besten Jahrgang den Sie auf Lager haben, neunzehnhundertsechsundsiebzig können Sie vergessen.« sagt ζ bestimmt und nimmt als Drohgebärde seine dunkle Brille ab und tut so als ob er Weinkenner ist, obwohl er von Weinen

37

Null-Ahnung hat. Endlich trabt der Kellner los, ζ bereut, dass er seinen Baseballschläger nicht zur Hand hat und verkneift sich zu fragen was dieser schlecht geführte Laden komplett kostet.

»Musste das sein Zeta?«

»Ja, das musste sein, ich habe Durst!«

»Sie haben recht Zeta, ich bin nicht ganz ehrlich zu Ihnen gewesen, aber ich habe Sie auch nicht belogen. Ich weiß über Juppstadt wenig, wir Juppstädter leben hier, eigentlich recht gut, und wissen alle nicht so recht wie wir hierher gekommen sind, ähnlich wie Sie.«

»Ich kann mich mit dieser Situation nicht abfinden Beate. Etwas leichter wäre es wenn ich wüsste wo ich bin und weswegen ich hier bin.«

»Einfacher wäre, Sie vergessen!«

»Ich habe fast alles vergessen, ich weiß nicht wie ich heiße, ich weiß nicht woher ich komme, ich weiß nicht was mit mir passiert ist. Aber ich habe ganz klare visuelle Bilder darüber, wer ich war, wo ich gelebt habe, wie meine Wohnung bis in das kleinste Detail aussieht, wie meine Frau aussieht, welchen Wagen ich gefahren habe, wie ich aufgewachsen bin, welche Schulen ich besucht habe, wo ich gearbeitet habe, was ich getan habe et cetera, et cetera. Aus jeder Einzelheit meines Lebens existieren visuelle Erinnerungen, nur alle Namen, *alle*, sind weg.«

»Das ergibt ein Problem.« bemerkt Beate.

ζ reagiert nur innerlich auf diese Bemerkung von Beate, und lässt sich nichts anmerken.

Beate und ζ sitzen noch beim unverbindlichen Smalltalk, wie ζ das nennt, in der Weinstube bis die Flasche geleert ist.

»Heute Abend gehen wir aber zu mir,« sagt Beate bestimmt als Beate und ζ das Weinlokal verlassen. »Ihre Behausung sollten Sie heute Nacht nicht ertragen müssen, und ich würde mich sehr freuen, wenn Sie mir morgen früh so einen leckeren Kaffee, wie Sie ihn gestern gemacht haben, ans Bett bringen könnten.«

Beate und ζ verbringen die Nacht zusammen, wie es Erwachsene tun, aber ζ hat irgendwie ein schlechtes Gewissen dabei, denkt er doch an seine Frau dabei.

ζ macht die nächsten zwei Wochen den Pendler. Tagsüber hält er sich in der Tigerstraße 36 auf, grübelt mit seiner dunklen Brille im Wohnraum vor sich hin, geht ab und an raus, immer über seinen Hinterausgang, und stellt weitere Recherchen in Juppstadt an.

Er vergisst nie an dem Bargeldautomaten seiner Bank Tag für Tag Eintausend anzufordern, die er auch jedes Mal prompt erhält.

Die Ergebnisse seiner Recherchen, das muss sich ζ eingestehen sind mager, dürftig, nichts sagend. Oder sind sie doch sehr aussagekräftig? Juppstadt ist irgendwie Ausnahmezustand, nur, den Grund kann ζ nicht erkennen und ergründen.

Die Abende und Nächte verbringt ζ mit Beate in ihrem Lebenskreis.

ζ muss sich entschließen was er tun will. Beate hat recht, das Einfachste ist die Gegebenheiten hinzunehmen. ζ kann sich aber mit diesem Gedanken nicht abfinden, zumindest will er den Grund seines Hier seins erkennen, was ihm nicht gelingt.

ζ erwägt immer ernsthafter sich einfach in den Ford zu setzen und die Ausfallstraße nach Norden solange zu fahren bis er entweder den Bezirk verlässt und eine normale Stadt erreicht, oder irgendwie zur Rückkehr gezwungen wird. ζ wird das für ihn nicht absehbare Risiko eingehen.

Er bespricht sich mit Beate. Beate erwägt mitzukommen, sie erbittet sich aber Bedenkzeit.

»Ich warne Sie Beate, mein Ziel wird sein, meine Frau wieder zu finden. Ob sich meine Frau auf einen flotten Dreier einlässt ist fraglich.«

Beate entschließt sich das Wagnis einzugehen. Beate und ζ planen. Sie werden mit leichtem Gepäck reisen und nur das Nötigste mitnehmen. ζ hebt weiter Geld ab, und Beate sammelt alles von Wert ein, das sie besitzt. Sie werden mit ζ's Ford Sierra fahren, und verteilen ihre Sachen darin, wobei auch Türfüllungen als einfaches Versteck mit einbezogen werden. ζ fälscht auch flüchtig-sorgfältig das Nummernschild des Wagens, er macht aus JU-HU 365 JO-HO 865, warum er das tut, kann er sich nicht erklären, er folgt irgendwie einer Intuition.

Auf geht's. In einer Nacht, Fordzeit dreiundzwanzig Uhr, machen sich Beate und ζ auf den Weg. Sie fahren Richtung Norden, und fahren und fahren und fahren, niemand hält sie auf.

ζ wirft demonstrativ die Schlüssel der Tigerstraße 36 nach zwanzig Kilometern Fahrtweg aus dem Fenster, niemals wird er diese Wohnung wieder betreten, komme was wolle.

Gelingt es aus dem Bezirk Juppstadt auszubrechen, wird er seine Frau suchen, wird er irgendwie zur Rückkehr gezwungen, wird er mit Beate leben, in die er sich anfängt zu verlieben.

Beate und ζ werden wider Erwarten nicht aufgehalten und erreichen nach einer Fahrstrecke von knapp einhundert Kilometern auf einer engen kurvenreichen Landstraße gegen ein Uhr morgens einen Ort mit dem Namen Neustadt.

ζ hätte nicht erwartet, dass er ohne jede Probleme den Ausnahme Bezirk, dass es ein Ausnahmebezirk ist kann ζ nicht mehr in Zweifel ziehen, verlassen können. Haben Beate und ζ einfach nur Glück gehabt, und nur an einem schlafenden Posten vorbei gezuckelt sind?

ζ beschließt weiterhin wachsam zu sein insbesondere was seine Überwachung angeht. Bislang hat er keine Überwachungs-Aktivitäten gegen ihn feststellen können, auch bei intensiver Beobachtung seines Umfeldes.

Beate und ζ beschließen sich ein Hotelzimmer zu nehmen. ζ legt seinen Pass mit dem Namen Willibald Balthasar in der Rezeption auf den Tresen.

»Wenn Sie jetzt lachen Beate, lachen wir beide bis zum ROFL, aber ich warne Sie Beate, reden Sie mich niemals mit diesem

Namen an, ich kann unkontrolliert grob werden.« bemerkt ζ so leise, dass der Hotelier das nicht mitbekommt.

Beate lacht leise vor sich hin, und verspricht:

»Niemals, aber Angst habe nicht vor Ihnen.«

ζ nimmt seine Karten mit in das Zimmer und sucht nun nach der Stadt mit dem Namen 'Neustadt'. Beate hat sich längst ins Bett zurückgezogen. Siebzehn Orte mit diesem Namen findet er, und weiß immer noch nicht wo er ist.

Die erste Enttäuschung erlebt ζ als er am morgen sein Hotelzimmer bezahlen will. ζ blättert den geforderten Betrag hin und muss sich anhören:

»Wir wechseln Ihre Währung eins-zu-zwei.«

ζ verdoppelt und ist stinksauer auf sich, hat er den Baseballschläger doch im Ford gelassen, und daher nicht parat, zumal er noch am selben Tag erkennen muss, dass der Hotelier ihn gelinkt hat.

Suchen

»Tut mir leid Beate, Sie müssen sich genauso wie ich noch etwas gedulden, ich weiß immer noch nicht wo wir sind. Diese Kleinstadt heißt, wie Sie wissen, Neustadt. Auf unseren Karten habe ich siebzehn Städte mit diesem Namen gestern Nacht, als Sie längst geschlafen haben, gefunden.«

»Wir kommen schon noch dahinter, wir fahren einfach weiter nach Norden und bei jedem Abzweig wählen wir die größere Straße.«

»Genau das wollte ich auch gerade vorschlagen. Sie haben gewonnen Beate. Wir sollten uns eine eigene Karte über unseren gefahrenen Weg, skizzieren, falls wir sprich Sie zurück müssen oder wollen. Stopp, da ist eine Filiale unserer Bank. Wollen wir noch Mal meine Karte probieren. Große Hoffnung, dass sie noch funktioniert, habe ich nicht, nachdem wir Juppstadt verlassen haben.«

»Lassen Sie uns warten bis wir wissen wo wir sind,« rät Beate, und ζ sieht ein, dass das weiser ist, »zurück will ich ebenso wenig wie Sie Zeta. Auch ich habe mich längst von meinen Schlüsseln getrennt.«

Somit wird keine Karte angelegt, Beate und ζ schauen nicht mehr zurück.

Nach einer weiteren Stunde Fahrt, erreichen sie einen Ort mit dem Namen Glücksburg. ζ hält an und sucht in seinen Karten. Er findet zwei Orte mit dem Namen. Einen kann er ausschließen, denn der liegt unmittelbar am Meer, und ein Meer ist weit und breit nicht zu entdecken.

»Heureka, das muss es sein,« jubiliert ζ und zeigt auf den Ort auf der Karte, auch 200 Kilometer südwestlich liegt ein unbewohntes Gebiet. ζ trägt im Zentrum dieses Bereiches *Juppstadt??* ein.

»Freu dich bloß nicht zu früh, spar dein Mitleid dir auf, dein

Triumph ist viel kleiner als du denkst...« singt Beate leise vor sich hin.

ζ fährt weiter und erreicht kurz hinter dem Ortsausgang eine vierspurig ausgebaute Landstraße und biegt in diese ein, Richtung Norden.

Die Wegweiser liest er nicht, er ist sicher, dass er auf dieser Straße eine richtige Stadt erreicht. Er behält recht, Beate und ζ erreichen die Stadt Neu-Flemminghausen, die ζ sofort auf seinen Plänen lokalisieren kann. ζ hatte recht, und könnte die beiden Fragezeichen ausradieren hätte er bloß einen Ratzefummel zur Hand. Sie beschließen ein bis zwei Tage hier zubleiben um diesen kleinen Erfolg zu feiern. Das größte, nein das feinste Hotel muss her und ζ mietet ein Doppelzimmer. Beate kann sich das Lachen, als ζ seinen Pass zückt kaum verkneifen, ζ grinst zurück.

»Es ist Ihnen hoffentlich recht Beate, dass ich ein Doppelzimmer genommen habe, wir hätten das absprechen müssen.« sagt ζ zerknirscht als sie ihr Zimmer erreichen.

»Was hätten Sie sonst nehmen sollen, wir kennen uns doch längst gut genug und praktischer ist es auch. Zwei Einzelzimmer hätte ich als persönliche Beleidigung aufgefasst.«

In der Nacht wird sich ζ zu dem Ford schleichen und die Retusche auf seinen Nummernschildern mit Beates Nagellackentferner beseitigen, denn der Zweck der Veränderung ist nun nicht mehr gegeben. Hier gibt es wieder Polizei und die Fahrzeugpapiere sollen wieder mit dem Fahrzeug überein- stimmen.

Beate und ζ lassen sich den nächsten Tag hängen, bummeln in der Stadt ein bisschen rum und tun so als ob sie Touristen wären, was ja auch irgendwie stimmt.

»Wollen Sie auch irgendetwas wieder finden?« fragt ζ Beate.

»Nein, ich bin nur mitgekommen, um aus Juppstadt raus- zukommen. Vielleicht ist es auch ein bisschen Abenteuerlust. Allein hätte ich mich sicherlich nicht getraut. Hoffentlich empfinden Sie mich nicht als Last.«

»Ganz im Gegenteil, als Team sind wir weit stärker als wenn ich allein herumgezogen wäre.«

»Was haben Sie denn konkret vor Zeta?«

»Das Ziel ist ohne jede Umschweife meine Frau wieder zu finden.«

»Das weiß ich doch, ich meinte wie wollen Sie vorgehen.«

ζ muss etwas ausholen.

»Sie wissen, dass ich nur noch unzusammenhängende, bildhafte Erinnerungen an die Vor-Juppstadt-Zeit habe. Diese sind aber sehr klar, ich müsste jeden Platz, jede Straße, jeden Turm, jeden Park et cetera wo ich mich einmal aufgehalten habe, wieder erkennen. Auch von meiner Straße in der ich wohne habe ich ganz klare Erinnerungen. Ich muss sie nur sehen, dann bin ich zu Hause.«

»Sie reden entgegen Ihrer sonstigen Angewohnheit zu viel Zeta, wie wollen Sie vorgehen? Sie werden es wohl kaum schaffen Straße für Straße in Stadt für Stadt in diesem Land abzufahren. Ein wohl hoffnungsloses Unterfangen.« bemerkt Beate.

»So gesehen haben Sie völlig recht Beate, irgendwie durch die Gegend zu fahren, nur mit einer Hoffnung im Kopf, dazu bin ich nicht Optimist genug. Die Bilder von meiner Stadt weisen darauf hin, dass ich in einer Stadt mit circa hundert- bis zweihunderttausend Einwohnern gelebt habe. Und alle diese Städte werde ich tatsächlich Stadt für Stadt abfahren.«

»Haben Sie einmal nach anderen Möglichkeiten gesucht Zeta?«

»Ja, ich habe Etliche in Erwägung gezogen. Wenn ich mich an Behörden wende, sind wir morgen wieder in Juppstadt. Da bin ich mir ganz sicher. Wenn ich versuchen würde mich an die Öffentlichkeit, sprich Presse, Rundfunk oder Fernsehen zu wenden, würde ich mich morgen in einer Klapsmühle wieder finden, und spätestens in einer Woche wieder in Juppstadt sein. Da bin ich mir ganz sicher. Wer würde uns unsere Story abkaufen Beate? Niemand; auch ich hätte sie früher nicht geglaubt. Wir können nur anonym bleiben und vorgehen, das ist mir ganz klar. Wir haben keinerlei Beweise. Das Risiko, dass wir meinet- wegen in eine Verkehrskontrolle geraten und als Juppstadtausbrecher enttarnt werden, halte ich für gering. Von der Existenz von Juppstadt dürften nicht Viele wissen, das scheint mir so eine geheime Kommandosache zu sein, deren Zweck ich nur zu gerne wüsste. Ich traue in dieser Sache niemandem, wirklich niemandem außer Ihnen Beate. Enttäuschen Sie mich nicht.«

ζ setzt nach:

»Eine weitere Möglichkeit habe ich überdacht, aber dann verworfen. Ich habe an einer Straßenkreuzung gelebt, nur drei Ecken sind bebaut, an einer Ecke befindet sich eine Grünanlage. Eine solche Kreuzung schränkt die Suche nennenswert ein, ich müsste aber von allen Städten Pläne besorgen, alle so in frage kommenden Kreuzungen auf allen Plänen suchen, um sie dann zu besichtigen bis ich auf meine stoße.«

»Auch nicht so richtig realistisch,« bemerkt Beate,

»so gesehen haben Sie sicherlich recht. Ihre Chancen auf Erfolg des Plans sind wohl so wie Sie planen am größten, es sei denn Sie schätzen, Ihren Ort völlig falsch ein. Es könnte doch sein, dass Sie in einem Randgebiet einer Großstadt gelebt haben.«

»Sehr wohl möglich. Ich bin mir darüber im Klaren, dass meine Erfolgsaussichten relativ gering sind, ich schätze sie fuzzilogisch auf 0.1. Ich werde es trotzdem versuchen. Ich denke wir beide, Beate, könnten das schaffen, zumal wir uns mit den momentanen Mitteln die wir haben ganz auf diese Aufgabe konzentrieren können. Auf geht's.«

»Was ist fuzzilogisch?« fragt Beate.

ζ übergeht die Frage unhöflich ungalant, was sonst nicht seine Art ist:

»Ich möchte jetzt keine Vorlesung in Mathematik halten.«

Beate muffelt ein wenig.

Beate wird eine echte Stütze für ζ. Schon am nächsten Tag bewährt sich das Teamwork. ζ will Informationen über alle Städte des Landes. Beate als Bibliothekarin kennt sich aus und macht sich allein auf den Weg.

Schon nach einer Stunde ist sie zurück, mit zwei Büchern unterm Arm und erklärt sie hätte ein weiteres Buch bestellt, das sie noch heute Abend abholen kann.

ζ hat zwischenzeitlich eine Filiale seiner Bank aufgesucht. Diesmal erhält er einen Kontoauszug, der ein Haben von dreitausend-und-vierhundert ausweist, wohl ein Programmfehler denkt ζ und setzt wieder sein inneres Grinsen auf. ζ hebt alles ab, kündigt aber selbstverständlich das Konto nicht. Eventuell hat noch niemand sein Verschwinden aus Juppstadt bemerkt, und es wird irgendwie automatisch aufgefüllt.

ζ rät Beate das gleiche zu tun, Beate erklärt ζ aber:

»Das habe ich schon in Juppstadt getan. Ich habe meine Kontoauszüge in unserer Bank in Juppstadt erhalten. Meine Angestellte führt das Geschäft weiter und sollte eine zeitlang die Einnahmen auf mein Konto einzahlen. Somit könnte noch etwas eingehen. Ich habe ihr ganz vertraulich gesagt, dass ich ein bisschen Urlaub mache.«

ζ analysiert die drei Bücher, die Beate angeschleppt hat, nachdem sich ζ Beate in der Frauen-Reiterstellung müde getobt haben.

ζ sitzt bei sparsamster Beleuchtung, um Beate nicht in ihrem wohlverdienten Schlaf zu stören, am Tisch seines Hotelzimmers findet er 428 Orte in diesem Land, die er zur Suche unter seinen Vorraussetzungen in Erwägung ziehen kann.

Beate und ζ frühstücken auf ihrem Zimmer, ζ trinkt nur drei Tassen Kaffee, Beate isst zwei Brötchen mit Lachs und Schinken. ζ kann um neun Uhr morgens keinen Bissen runterwürgen.

46

ζ berichtet Beate von seiner Fleißtätigkeit der letzten Nacht, und bemerkt:

»428 Orte, kommen in diesem Land momentan für mich in Frage. Wenn wir nur zwei an einem Tag abarbeiten können, müssten wir spätestens in sieben Monaten unsere Suche mit *Erfolg?* beenden.«

»Jetzt rechnen Sie aber völlig falsch Zeta, Sie können doch in den 428 Städten nicht Straße für Straße abfahren in dieser Zeit inklusive der Hinfahrten.«

»Jetzt rechnen Sie aber völlig falsch Beate, ich werde nicht in jedem Ort Straße für Straße abfahren müssen. Wenn wir in einen Ort kommen, indem wir allenfalls eine Stunde herumfahren, und ich an diesen Ort keine Erinnerung habe, kann das nicht mein Heimatort sein, und wir können sofort wieder verschwinden. Ich muss nur in Städten suchen, die ich wieder erkenne. Ich bin ganz sicher, dass wir auf etliche Städte stoßen, die mit meinen visuellen Mustern aus meinem Gedächtnis in Einklang zu bringen sind. Und *nur* diese Orte müssen wir absuchen, das schränkt unser Suchfeld erheblich ein.«

»Zeta, Zeta, selbst ich fange langsam an daran zu glauben, dass Sie mit Ihrem Konzept Erfolg haben könnten.«

Beate und ζ entschließen sich noch einen Tag länger in Neu-Flemminghausen zu bleiben um weiter zu planen. In aller erster Linie beschäftigen sie sich mit der Ausarbeitung einer generellen Route und eine Route für mindestens 10 Tage.

»Wir sollten uns überlegen Zeta ob wir nicht andere Eingrenzungsmöglichkeiten unserer Suche definieren können.« sagt ζ.

»Ich hätte da so eine Idee Zeta. Ihre Sprechweise könnte unsere Suche einschränken. Sie sprechen keinen erkennbaren Dialekt, aber nach Ihrer Ausdrucksweise und Ihrer Wortwahl stammen Sie nach meinem Sprachverständnis ausdrücklich aus dem Norden dieses Landes.«

»Eine wirklich hervorragende Idee Beate, zumal ich mir, nur

47

halbbewusst immer recht schnell die örtliche Sprechweise in Phonetik und Wortwahl annehme. Den Slang von Juppstadt habe ich noch nicht drauf.«

Beate und ζ legen nun eine Tour fest die von Neu- Flemminghausen nördlich führt, und machen sich am nächsten morgen auf den Weg. Ihre erste Stadt die sie ansteuern heißt Launig.

In einer Stunde gemütlicher Fahrt erreichen sie die Stadt und kurven in ihr herum.

»Hier bin ich noch nie gewesen Beate, fahren wir nach, wie heißt der nächste Ort in unserer Route?«

»Plaunig, Straße 7 Richtung Norden.« antwortet Beate leicht resigniert, was ζ nicht entgeht.

»Jetzt schon Resignation Beate, das Abenteuer beginnt doch gerade erst.«, ζ ist etwas enttäuscht, Beate konnte doch wirklich nicht hoffen, dass der erste Ort schon ζ's Suchort ist.

Plaunig liegt achtundvierzig Kilometer nordöstlich von Launig und das Team Beate und ζ erreichen Plaunig um die Mittagszeit.

»Null-success!« stellt ζ nach einer halbstündigen Irrfahrt durch die Stadt fest, »Hier bin ich noch nie gewesen.«

»Ich bis heute auch nicht!.« sagt Beate spitz.

»Ich schlage vor, wir legen eine Mittagspause ein, da gegenüber ist ein Italiener.«

ζ parkt bewusst in einem Halteverbot. Sollen ihm doch die Bullen oder die 'Politessen' ein Knöllchen nach Juppstadt an
Willibald Balthasar
schicken, grinst ζ wieder nur innerlich, wie so häufig, weil er weiß, dass sein feinsinniger Humor nur selten verstanden wird.

Beate bestellt für sich Ravioli und Rotwein, ζ für sich Pizza und Cola.

»Sie sollten unsere Reise etwas lockerer sehen Beate, als eine Art Urlaub, wir reisen ein bisschen herum, schauen uns das Land an und suchen nebenbei nach meinem Zuhause.

Ohne jeden Stress; das Problem ist zu finden, ob heute oder morgen, ist nicht besonders wichtig. Wo es uns gefällt bleiben wir eben solange wie es uns gefällt. Gefällt Ihnen Plaunig?«

»Eindeutig NEIN!«

»Na dann fahren wir nach dem Essen auf unserer Route weiter. Wenn Sie nicht aufhören rumzumuffeln, Beate, fahre ich Sie ruck-zuck nach Juppstadt zurück.«

»Hören Sie auf zu nerven Zeta. Sie haben ja recht, in wenigen Minuten habe ich mich mit Freuden auf Urlaub umgestellt. *Sie* sind doch von uns beiden der Verbissene.«

»Ziel orientiert *Ja*, verbissen *Nein*, Beate.«

Die Stimmung verbessert sich schlagartig, beide haben das Lachen nicht verlernt und scheren sich den Teufel darum, dass alle anderen Gäste in der Pizzeria verstummen und zu Beate und ζ schauen.

Stillschweigend fahren Beate und ζ nun eine ζ-Beate-Rallye nach ihren eigenen Regeln. ζ fährt schön gemütlich vor sich hin und Beate dirigiert den Fahrtweg mit der Karte auf dem Schoß.

»Wie heißt unser nächstes Urlaubsziel Beate?«

»Pubsgau,« lacht Beate, »versäumen Sie nicht den nächsten Abzweig rechts.« und kann sich vor Lachen kaum halten.

Pubsgau erweist sich als ein für ζ und Beate schöner Ort. Er ist an einem See gelegen und von der Bausubstanz nicht verschandelt, hier passt alles zusammen, zumindest beim ersten Eindruck. Beate und ζ beschließen den restlichen Tag hier zu bleiben und in Pubsgau zu übernachten.

Diesmal grinst nur der Hotelportier an der Rezeption über ζ's Pass.

»Pubsgau habe ich noch nie gesehen.« bemerkt ζ bei einem abendlichen Bummel durch die Stadt.

»Na dann können wir Pubsgau abhaken und fahren morgen weiter. Ein längerer Aufenthalt lohnt nicht.« sagt Beate.

Soll ζ diese Bemerkung als einen Kompromiss werten? ζ entschließt sich, dass Beate es ehrlich meint.

Der nächste Ort, den das Team Beate und ζ am nächsten morgen ansteuern, heißt Neustadt-an-der-Würge, und erweist sich als hässliches Kaff. Waschbeton soweit das Auge reicht.

»Null-success!« sagt ζ schon nach wenigen Minuten des Herumfahrens.

»Hören Sie mir bloß mit Ihrem 'Null-success' auf, das wird nervig, lassen Sie uns bloß ganz schnell wieder von hier verschwinden. Das ist ja grauslich hier.«

Beate dirigiert ζ auf die Landstraße 47 in Richtung Molm ihrem nächsten Ziel, in etwa hundert Kilometern von Neustadt-an-der-Würge gelegen.

»Success!« brüllt ζ vor Begeisterung, »Pardon Beate, ich habe mich hinreißen lassen. Aber diesen Ort kenne ich, hier war ich schon mal. Den Springbrunnen da mitten auf dem Marktplatz mit dem Storch und den Fröschen habe ich schon mal gesehen. Jede Wette, zwei Straßen weiter links gleich an der Ecke ist eine COA-Bank-Filiale.«

Er stellt den Wagen ab, diesmal nicht im Halteverbot, vielleicht war das gestern in Bezug des Parkverhaltens doch keine so gute Idee.

Beate und ζ schlendern Arm in Arm über den Platz in Richtung der von ζ vermuteten Bank. Die Bank ist da, wenn auch mit einer etwas anderen Fassade, als ζ sie in Erinnerung hat. Nun läuft die erste Stadtabsuch-Routine, wie ζ das nennt, an.

ζ fährt mit Beate Straße um Straße Block um Block ab. Er erkennt einige wieder, einige nicht, ζ ist sich ganz sicher, dass er in dieser Stadt schon mindestens einmal war. Es ist aber nicht seine Stadt, seine Straße ist nicht dabei, wie er vermerkt, nachdem er und Beate der Meinung sind alle Straßen abgefahren zu haben.

Das nächste Ziel ist die Stadt Hasen. An die Stadt Hasen hat ζ keine Erinnerung, daher können Beate und ζ auch diese Stadt abhaken.

Beate möchte auch in dieser Stadt keinen Urlaubstag verbringen, deshalb steuert ζ schon unter der Führung von Beate die nächste Stadt an.

Diese Stadt mit dem Namen Grünschweig, etwa sechzig Kilometer NNO von Hasen gelegen, ist die bislang größte Stadt, die Beate und ζ aufsuchen. Sie beschließen mindestens eine Nacht hier zubleiben, und suchen und finden gleich hinter dem Ortseingang ein akzeptables Hotel.

Beim Abendessen im Hotel-Restaurant bemerkt ζ.

»Ich bin mir nicht ganz sicher, aber ich glaube auch hier bin schon einmal gewesen. Das muss Jahre her sein, doch die Decke des Raums erkenne ich wieder, das andere Interieur muss seit meinem letzten Besuch ausgetauscht worden sein.«

»Heute suchen wir nicht weiter Zeta! Heute Abend ist Urlaubszeit, und wir machen uns einen schönen gemütlichen Abend. Ich lade Sie einfach zu eins, zwei, drei Flaschen Schampus ein.«

»Machen wir doch heute ordentlich einen drauf,« sagt ζ »ich nehme Ihre Einladung dankend an.« 'Morgen ist auch noch ein Tag zur Suche', zu sagen verkneift sich ζ, er will nicht suchen und Beate könnte ihn mit dieser Bemerkung völlig falsch verstehen.

Es wird ein wirklich lustiger Abend. Erst gegen drei Uhr morgens suchen Beate und ζ leicht wankend ihr Zimmer auf, in dem sie aneinander gekuschelt schnell einschlafen und erst gegen Mittag aufwachen.

»Das war ein schöner Urlaubstag, wollen wir den Urlaub fortsetzen?«

»Ja gern.« sagt Beate und schon schmusen sie wieder rum. ζ muss sich eingestehen, er hat ein nicht ganz reines Gewissen dabei, er sucht verzweifelt intensiv nach seiner geliebten Frau und schmust mit Beate, seiner Begleiterin, bei der Suche.

Aber Beate liebt er heute fast genauso intensiv wie seine Frau.

Diese Situation hätte ζ für sich bis vor ein paar Tagen nicht für möglich gehalten.

ζ bucht das Hotelzimmer auch für die nächste Nacht, denn ζ will und muss suchen.

Am Nachmittag bummeln Beate und ζ in der Stadt Grünschweig, wieder Arm in Arm, herum.

»Diese Stadt kenne ich Beate, recht gut sogar, aber es hat sich so vieles verändert gegen meine Erinnerung, dass diese Stadt nicht meine Stadt sein kann. Ich muss vor Jahren hier etwas zu tun gehabt haben«

Trotzdem suchen Beate und ζ weiter, bis ζ sich ganz sicher ist: Grünschweig ist nicht seine Stadt.

Beate und ζ machen sich noch einen schönen Urlaubstag, sie sitzen in der Meile bei dem warmen Wetter draußen, trinken Kaffee und Cappuccino, blödeln rum und amüsieren sich königlich dabei.

Die Suche und damit das Spiel geht weiter. Gemäß der Planung wird die ζ-Beate-Rallye fortgesetzt.

Etwa 10 % der Orte die sie anfahren erkennt ζ wieder, irgendwann war er dort; aber seine Stadt hat er noch nicht gefunden.

Er findet auch einen Kurort, den er recht gut kennt, weil seine Frau alle zwei Jahre dort war und ζ sie hingefahren und auch wieder abgeholt hat.

Beate und ζ fahren zwar planmäßig durch das Land, aber sie hetzen sich nicht. Wo es Ihnen gefällt bleiben sie ein zwei Tage, und schaffen lässig drei Orte im Mittel am Tag, und liegen damit weit über dem gesteckten Ziel. Sie verfeinern auch ihre Suchstrategie. Wenn es ihnen sinnvoll erscheint kaufen sie einen Stadtplan, setzen sich in ein Cafe und suchen auf dem Plan nach den Straßen-Kreuzungen mit: eine Ecke Grünanlagen und anderen Merkmalen.

Beate und ζ testen ab und an ihre Bankcards, ζ gelingt es noch zweimal Tausend aus dem Automaten zu ziehen. Irgendwann ist sein Konto gesperrt. 'Aha, die Juppstadt-Betreiber haben nun mein Nichtmehrvorhandensein geschnallt' denkt ζ.

Auf Beates Konto laufen weiterhin Eingänge auf. Sie werden deutlich mal für mal geringer, was zu erwarten war.

Beate hebt ab, was sie abheben kann, denn auch sie muss damit rechnen, dass die Juppstadt-Betreiber auch ihr Konto irgendwann sperren.

»Sie verwalten unsere Kasse Beate, wir müssen recht viel ausgeben auf der Reise, die Hotels und der Sprit schlagen zu Buche, wie ist es denn um unsere Finanzen bestellt?« fragt ζ.

»Wir können noch gut durchhalten und den Plan notfalls voll durchziehen, noch haben wir keinerlei finanziellen Sorgen.« sagt Beate.

ζ fragt nicht nach dem genauen Betrag, Beate ist zuverlässig.

»Manchmal denke ich daran ob wir den Wagen wechseln sollten. Der Ford nervt mich langsam, BMW, den ich zu fahren gewohnt war, ist bequemer, schneller und komfortabler.« sagt ζ eines Abends zu Beate.

»Können und sollten wir uns nicht leisten Zeta, ganz davon abgesehen, dass wir sicherlich Probleme mit der Anmeldung bekommen.« Beate hat recht, sieht ζ ein, Beate ist schon Klasse.

Gut zwei Monate sind Beate und ζ unterwegs, der Sommer ist vorbei, damit auch die schönen warmen Tage.

Beate und ζ erreichen die Großstadt Stocken. ζ schlägt den Weg zur Umgehungsstraße ein, als Beate sagt:

»Lassen sie uns ein paar Tage in Stocken verbringen Zeta mir ist nach Abwechslung zu mute. Diese Kleinstädterei geht mir etwas auf die Nerven. Dorf oder Großstadt brauch ich jetzt, Großstadt ist mir lieber.«

Nur all zu gern schließt ζ sich Beate an, auch ihm wird diese Reise zu eintönig, und er kann gerade noch mit einem Schlenker in den Abzweig nach Stocken einschwenken. ζ fährt nun direkt auf die City von Stocken zu.

»Mal wieder ins Kino gehen, mal wieder einen Schaufenster-
bummel machen, ein bisschen Shopping, wir brauchen unbedingt ein paar Sachen Zeta, mal wieder etwas Trubel.«
schwärmt Beate.
»Sie als Juppstädterin haben doch in einer wirklich ruhigen
Kleinstadt gelebt. Wie lange eigentlich, das haben Sie nie erzählt. Sie haben auch nie erzählt wie Sie nach Juppstadt gekommen sind. Beate.«
»Ich möchte auch nicht darüber sprechen, obwohl Sie mein
volles Vertrauen haben Zeta, eventuell erzähle ich später einmal
von meinem Leben. Verderben Sie mir jetzt nicht meine gute
Laune Zeta.
Lassen Sie uns Stocken erobern!
        Auf geht's Stocken: wir kommen!«
ζ fährt in den inneren Stadtbereich von Stocken. Beate und ζ
suchen ein annehmbares Hotel für eine Nacht. An der Rezeption
grinst niemand als ζ seinen Pass vorlegt, der Buchungsvorgang
wird einfach nur formal abgewickelt. Nur ζ grinst wieder innerlich, er weiß, dass sein feinsinniger Humor kaum verstanden
wird. Auch Beate, die ζ nun hinreichend kennen sollte, versteht
ihn nicht immer.

ζ und Beate bummeln am Abend durch die Innenstadt von Stocken.
Beate ist begeistert und sie kann sich kaum der ausgestellten
Pracht entziehen. ζ bleibt gelassen, er gewinnt den Eindruck,
dass Beate in ihrem Leben niemals eine richtige Großstadt gesehen hat, Stocken mit seinen 1.5 Millionen Einwohnern ist
nicht New York, Paris, Tokio, Roma oder London. ζ möchte
jetzt sofort mit Beate nach Paris fahren um ihr den Champs
Elysee zu zeigen, Beate würde in Ohnmacht fallen und ζ würde
wieder Erste-Hilfe leisten, danach sehnt ζ sich jetzt.
ζ interessiert sich nicht für die Geschäfte und den glitzernden
Auslagen, ζ weiß, dass er diese Stadt kennt, wie so manche Orte

vorher auf der ζ-Beate-Rallye. Diese Stadt Stocken kommt ihm seltsam vertraut vor. Nach ausgiebigem Bummel in Stocken kehren Beate und ζ in ihr Hotelzimmer zurück. Beate ist erschöpft und legt sich schlafen.

ζ ist nervös und aufgeregt und schläft irgendwann auf einem Stuhl ein.

Den nächsten Tag bummelt das Team Beate-ζ in der Stadt herum und verbringen den Tag wie Touristen, Essen, Trinken, Kucken, Lästern, den Abend beschließen sie mit einen Kinobesuch. ζ hat etwas anderes in Sinnen.

Am morgen danach bemerkt ζ:

»Sie wollten ein bisschen Shopping Beate, man zu, das können Sie besser allein, mich nervt Shopping. Ich kann Ihnen nicht helfen, ich werde Ihnen nur im Wege stehen, übertreiben Sie Ihre Einkäufe nicht, kaufen Sie nur das, was Sie wirklich haben wollen und was wir wirklich brauchen. Und achten sie auf die Preise.« warnt ζ und er wundert sich über diesen, seinen Satz.

»Ich habe da gestern Abend so ein Red-Light-Destrict gesehen, da gehe *ich* jetzt hin.«

»Sie sind unmöglich Zeta, vielleicht mag ich Sie gerade deswegen, aber Sie müssen doch nicht zu einer Prostituierten laufen.« sagt Beate.

»Bitte Beate, Sie kennen doch meinen Humor. Ich habe etwas anderes vor, das ist doch nur eine provokante Ausrede in meinem Stil.«

ζ und Beate verabreden sich zum Dinner. Jeder geht diesen Tag seiner Wege. ζ läuft und fährt durch die Stadt, die ihm seltsam bekannt und vertraut vorkommt. In ζ keimt ein Verdacht.

Beate erzählt begeistert von dem Tag in der Stadt, ζ hört zu nickt und freut sich mit ihr, weiß aber wirklich nicht was sie gesagt hat, da seine Gedanken ganz wo anders sind.

Beate und ζ schmusen und bumsen nach dem Dinner die Nacht über herum.

55

Beim Frühstück am nächsten morgen, für Beate zwei Brötchen, für ζ drei Tassen Kaffee, bemerkt ζ:

»Ich glaube diese Stadt ist meine Stadt! Alles kommt mir so vertraut vor, meine Bilderinnerungen passen haarscharf bis auf einige wenige Veränderungen mit dem überein, was ich gestern gesehen und beobachtet habe.«

»Ihre Kleinstadt?« bemerkt Beate launig konsterniert, »hatte ich doch recht mit der Bemerkung, Sie könnten in einem Randstadtteil einer Großstadt gelebt haben.

Ich habe das nicht ohne Grund gesagt, Ihr Outfit und Verhalten entspricht nicht dem eines Kleinstädters! Selbst ich als Provinzlerin kann das erkennen.«.

ζ ist geknickt. »Dieses Argument hätten Sie früher einbringen können.«

Beate und ζ verbringen diesen Tag gemeinsam, und ζ lässt sich mit Vergnügen auf alles ein, was Beate machen will. ζ muss sich aber eingestehen, dass er die Stadtbilder, die er wahrnimmt und immer wieder mit Bildern aus seinem Gedächtnis vergleicht, sagt zu Beate aber nichts über sein Empfinden. Der Abend wird wieder recht fröhlich bei einer Flasche Rotwein, und die Nacht war auch nicht gerade ohne, gegen zwei Uhr morgens bestellt ζ beim Roomservice eine Flasche Champus.

Beate und ζ vereinbaren am nächsten morgen, der schon in die Nähe des Mittags rückt, diesen Tag wieder getrennt zu verbringen.

»Ich verbringe den Tag im Puff, ich hab da einen neuen entdeckt.« sagt ζ launig-bestimmt. Beate grinst, läuft ins Bad und ζ hört sie herzhaft lachen als er das Zimmer verlässt.

Das Abendessen nehmen Beate und ζ wieder gemeinsam im Restaurant ihres Hotels ein, nachdem sie festgestellt haben: das Hotel hat einen wirklich guten Koch.

»Nun kommt Arbeit auf uns zu Beate. Diese Stadt ist meine Stadt. Stocken kenne ich in und auswendig. Die Bild-Schemata

56

dieser Stadt die wahrnehme decken sich praktisch vollständig mit meiner Erinnerung.«

»Nur weil Sie zwei Puffs gesehen haben Zeta? Puffs ähneln sich doch.«

»Ich frage mich wieso Sie sich in Bordellen weit besser auskennen als ich.«

Beate und ζ lachen herzlich, bis ζ, wieder ernst, sagt:

»In dieser Stadt Stocken oder in unmittelbarer Nähe der Stadt muss ich gelebt haben. Das Suchgebiet ist nun eingegrenzt. Einen ausführlichen Stadtplan von Stocken und Stadtpläne der Randgemeinden habe ich gestern besorgt.

Die Suche wird aber auf Grund der Größe von Stocken umfangreich werden. Wollen wir gemeinsam suchen?« fragt ζ.

»Selbstverständlich gemeinsam, wir nehmen die Zeta-Beate-Rallye, wie Sie das nennen, wieder auf.« sagt Beate, und ζ ist froh darüber, dass er nicht allein ist, das Beate-ζ-Team hatte sich doch so gut bewährt.

'on the road again...' singt ζ leise vor sich hin, als sich das Beate-ζ-Team wieder auf den Weg macht.

ζ und Beate kurven den ganzen Tag in Stocken herum, zwar nicht sehr systematisch, aber auch nicht ganz planlos. ζ wird sich immer sicherer, er ist in der Nähe seines Zieles angelangt. Er kennt nicht alle Ecken der Großstadt Stocken, er erreicht auch Gegenden, die ihm völlig fremd sind, dennoch ist seine unumstößliche Auffassung: er hat's!

Den nächsten Tag verbringen Beate und ζ nicht auf der Straße. Beate bummelt allein durch die Stadt bis mittags, ζ brütet während dieser Zeit über Stadtplänen. Nachmittags bummeln sie Arm in Arm zusammen durch die Stadt und abends gehen sie ins Kino und danach in eine Weinstube.

»Was meinen Sie Zeta, sollten wir nicht langsam 'Du' zueinander sagen?« fragt Beate bei einem Glas Valpolicella.

»Von meiner Seite eindeutig Nein!«

»Das dürfen Sie mir erklären. Sagen Sie zu Ihrer Frau 'Sie'?«

»Leider Nein! Mein Erkenntnisstand war seiner Zeit noch nicht so weit entwickelt wie heute.«

»Nun erklären Sie mir das Zeta. Das platte Gerede halte ich nicht länger aus.«

»Wer oder was platt ist, wird sich herausstellen, Beate« entgegnet ζ und er muss wieder einmal etwas ausholen auch für sich in seiner Argumentation:

»Es gibt in unserer Sprache zwei Anreden, 'Sie', 'Du'...«

Beate unterbricht ζ abrupt, es ist sonst nicht ihre Art und sagt etwas ungehalten mit deutlich höherer, als ihrer normalen Stimmlage:

»Weiß ich Zeta, Sie schwätzen mal wieder, das gehört doch nicht zu Ihrem Stil.«

»Zu Ihrem Stil Beate gehört doch nicht jemanden, selbst mich nicht, in einem angefangenen Satz zu unterbrechen. Lassen Sie mich einfach ausreden, Sie können dann immer Gegenargumente vortragen, ob jetzt gleich oder später ist letztlich ohne Belang. Lassen Sie mich ausreden. Ich darf ohne Unterbrechung von Ihnen ausführen:

Es gibt in unserer Sprache zwei Anreden, 'Sie', 'Du'. 'Du' ist eigentlich ursprünglich vorgesehen als Anrede gegen jemanden Untergeordneten.

'Sie' wurde verwendet unter rangmäßig Gleichgestellten. Der Sprachgebrauch hat sich im Laufe von Jahrhunderten verwischt. Der Sprachgebrauch bis vor einiger Zeit war: Anrede 'Du' für Vertraute, 'Sie', für Fremde.

Der Sprachgebrauch hat sich seit einiger Zeit, kaum jemand außer mir hat das bemerkt, umgewandelt: wer seinem Gegenüber für ein Arschloch hält, redet ihn mit 'Du' an, wer seinen Gegenüber Respekt entgegenbringen kann, redet ihn mit 'Sie' an. Ich passe mich in meiner Weise dieser Gegebenheit an.

Den Präsidenten und anderen Staatsspinnern, dieses Staates werde ich, wenn ich sie jemals treffe, begrüßen in der Art.

'Hi DU Spinner und Quatschpisser hast Du dir mal wieder Deine Hose voll gepisst. Nimm doch mal Deine alberne Krawatte ab, und ansonsten kannst Du mich am Arsch lecken geistloser Schwulenspinner-Pisser der Du bist!' Sie hören Beate, ich werde 'DU' zu ihm sagen, weil ich keinerlei Respekt vor ihm, ihnen, habe.

Vor Ihnen Beate habe ich äußersten Respekt und Hochachtung, und aus genau diesem Grunde werde ich Sie weiterhin, um meine Hochachtung gegen Sie zum Ausdruck zu bringen, Sie mit 'Sie' anreden.«

»Du spinnst Zeta« bemerkt Beate und es entwickelt sich der folgende launige Dialog:

»Ich hätte Lust Beate es heute die ganze Nacht richtig schön intensiv mit Ihnen zu treiben.«

»Man zu Zeta, glaubst Du wirklich, dass Du das kannst.«

»Ich kann das, wenn Sie es mir gestatten. Ich habe es doch mit Ihnen etliche Male getan und damit bewiesen.«

»Ich freue mich jetzt schon auf Deine Aktivitäten. Wir werden ja sehen, wie lange Du durchhältst.«

»Mit Sicherheit haben Sie höheres Steh- Liegevermögen als ich. Meines ist von der Natur her begrenzt, Ihres nicht.«

»Na wenigstens siehst Du das ein, Frauen sind die edleren Menschen.«

»Diesen Satz habe ich Sie gelehrt Beate.«

....

Diese Unterhaltung in diesem Stil und Inhalt führen Beate und ζ zu beidseitigem wachsenden Vergnügen noch eine Stunde weiter, bis sie sich auf ihr Hotelzimmer zurückziehen und das Besprochene auch in die Tat umsetzen.

ζ wird sich Beates Wunsch auf Anrede 'Du' von ζ nicht auf Dauer verschließen, denn letzten Endes kann man auch jemanden unter der Anrede 'Du' achten, die Hochachtung kommt

59

sprachlich nur nicht mehr zum Ausdruck. Das ist kein logischer Widerspruch, doch ζ wird Beate immer in jeder Beziehung achten, schätzen und ehren.

Beate und ζ nehmen die ζ-Beate-Rallye wieder auf, ζ hat siebzehn Straßenecken auf dem Stadtplan herausgesucht, die er in Augenschein nehmen will. Beate und ζ fahren zu allen diesen Ecken, ζ muss aber leider am Abend feststellen: 'Null-success!' sagt aber zu Beate, da sie ζ's 'Null-success!'-Gerede verständlicherweise nicht ertragen kann:

»Wir haben nicht den vollen Erfolg erzielen können, aber wir sind auf der Spur. Es ist leider nicht so einfach eine Großstadt mit 1.5 Millionen Einwohnern abzusuchen, als eine Kleinstadt. Hier Beate bin ich richtig, ich erkenne immer weitere Einzelheiten der Stadt, ich kann sie aber nicht einordnen.«

Beate langweilt sich, sie hat die Großstadt entdeckt, und die Möglichkeiten faszinieren sie verständlicher Weise weit mehr als ζ's Suche.

ζ kurvt nun allein durch seine? Stadt. Mal systematisch und planmäßig mal einfach nur so herum.

Gleich am morgen des dritten Tages entdeckt er vierzehn Kilometer von seinem Hotel sein Zuhause. ζ läuft auf seine Eingangstür zu, rennt sie fast ein bis er das Schild sieht

"Sorry nobody present"

welches er selber mal angefertigt hat. Daher weiß er was auf der Rückseite des Schildes steht

"present
bitte klingeln"

ζ klingelt sturm. Es ist niemand zuhause. 'Meine Frau wird mal wieder, wie sie es so gern tut mit ihrem Fahrrad unterwegs sein. Wie heißt sie bloß?' sinniert ζ vor sich hin.

Nach einem Namensschild sucht ζ vergeblich. Früher gab es ein ovales Namens-Messingschild, das ζ selbst angebracht hat und dessen Abdruck auf der Tür noch sichtbar ist. Ein kleines Misstrauen keimt auf.

60

ζ setzt sich in den albernen Ford. Von seinem Parkplatz aus kann er den Eingang zu seiner ebenerdigen Wohnung nicht sehen. Langsam, ganz langsam gelingt es ζ einen Parkplatz für den Ford näher an seiner Eingangstür zu finden. In einer Stunde hat er schon einen in Sichtweite gefunden, nach drei Stunden parkt er praktisch vor seiner Tür.

ζ merkt sich: 'Liliengasse 36'.

ζ klingelt immer wieder an seiner Tür. 'Nobody present, niemand zuhause.' vermerkt ζ. Er sucht die umliegenden Straßen nach seinem Auto, einem BMW 325i, Coupé, taubenblau mit einer leichten Delle an der rechten Tür ab,

nur zu gern würde ζ den albernen Ford Sierra gegen seinen BMW tauschen.

Am Abend, nachdem er immer wieder vergeblich an seiner Tür geklingelt hat, fährt ζ in dem Ford, leider nicht mit seinem BMW zu Beate ins Hotel zurück. Aber er markiert den Fundort auf dem Stadtplan, rot und dick.

ζ ist euphorisch und deprimiert zugleich.

ζ berichtet Beate, was er gefunden hat.

»Ab morgen früh um neun stehe ich wieder vor meiner? Tür. Eine Zeit zu der meine Frau ihre zweite Tasse Kaffee trinkt.« sagt ζ.

»Da komme ich mit, das Spektakel kann ich mir nicht entgehen lassen.« Beate wird richtig unruhig, ζ nennt das Hippellichkeit, und Beate vermerkt:

»Das Wort "Hippellichkeit" kennt man nur in dieser Gegend! Du wirst immer glaubhafter Zeta.«

»Ich habe Sie nie belogen Beate, meine Geschichte ist eventuell unglaubhaft, aber wahr. Gerade Sie Beate könnten das akzeptieren.«

ζ und Beate klingeln Punkt neun Uhr an ζ's Wohnungstür an der immer noch 'sorry nobody present' steht. Eine ζ völlig unbekannte Frau öffnet die Tür verschlafen im Morgenmantel. ζ ist

61

perplex, er braucht einige Sekunden um sich zu fangen, bis er stammeln kann:

»Entschuldigen Sie die Störung zu dieser frühen Morgenstunde, Madam, ich habe jemand anderes erwartet. Ich möchte nicht unhöflich oder aufdringlich werden, darf ich Sie fragen, wie lange Sie hier schon wohnen?«

»Fragen dürfen Sie, und auf Ihre Frage antworte ich Ihnen klipp und klar, ich wohne hier ganz offiziell seit Anfang des letzten Monats, daraus mache ich kein Geheimnis und muss mich niemanden gegenüber rechtfertigen.«

»Ich möchte Sie nicht belästigen, aber eine Frage aus meinen persönlichen Gründen gestatte ich mir noch: kennen Sie den Vormieter dieser Wohnung?«

»Nein, die Vormieter sind seit vier Monaten verschwunden, sie haben seit sechs Monaten keine Mieten mehr bezahlt, so wurde das mir gesagt, so dass sich der Vermieter veranlasst gesehen hat diese Wohnung anderweitig zu vermieten, und der Mieter bin nun ich.«

»Ich danke Ihnen sehr herzlich für ihr Entgegenkommen, entschuldigen Sie die Störung, Sie haben mir sehr weiter geholfen. Können Sie mir noch den Hausbesitzer nennen?«

»Ich wüsste nicht, was Sie das angeht, kommen Sie doch ruhig einen Augenblick herein.«

Nicht ist ζ lieber als ihr Angebot, das er sofort wahrnimmt. Ja es ist seine Wohnung, seine Möbel stehen fast unverändert herum, er läuft auf seinen Teppichen und bestaunt seine Tapeten, Bilder und Einrichtungsgegenstände.

Die Inhaberin seiner Wohnung sucht eben den Namen und die Anschrift des Hauseigentümers raus.

»Die Wohnung haben Sie möbliert gemietet.« fragt ζ.

»Ja, das hat für mich alles sehr gut gepasst, fast ideal, da ich mich neu orientieren und Einrichten musste.«

ζ bedankt sich scheinherzlich bei Madam, und wünscht ihr gedanklich viel Glück in seiner Wohnung; möge sie in Frieden dort wohnen.

»Das war's Beate, was mache ich, was machen wir jetzt?«

»Es könnte sein, dass Deine Frau in Juppstadt lebt! Zeta«

»Diesen Gedanken hatte ich auch gerade, warum haben wir ihn erst jetzt?«

»Auf nach Juppstadt Zeta?«

»Ich möchte nichts übereilen. Einen Job habe ich noch in Stocken. Ich will bei meinem ehemaligen Vermieter herausfinden, wie ich früher hieß.«

ζ ruft bei der Verwaltung an, redet wirren Unsinn zusammen, der von den Gesprächspartnern nicht als solcher erkannt wird, und erhält bei seiner dritten Durchstellung an Sachbearbeiter wirklich wider Erwarten die gewünschte Auskunft:

»Die Wohnung war elf Jahre lang an das Ehepaar Gabriele und Peter Hase vermietet, das irgendwie verschwunden ist.«

»Danke, das ist ja sehr interessant.« sagt ζ, grinst und bedankt sich scheinheilig herzlich.

Vorwärts Zurück

ζ hat sein gestecktes Ziel, das Auffinden seiner geliebten Frau, nicht erreicht. Er hat zwar seine Wohnung wieder- gefunden, er hat herausgefunden wie er in der Vor-Juppstadt-Zeit hieß, aber er hat seine Frau nicht gefunden.

»Juppstadt wäre eine echte Chance für Dich.« sagt Beate zu ζ.

»Das denke ich auch, aber mit welchem Risiko ist das für uns verbunden?«

»Wie ich Dich so einschätze wirst Du doch kein Risiko scheuen Zeta. Dazu liegt Dir doch Deine Frau zu sehr am Herzen.«

»Ich muss noch ein wenig darüber nachdenken, insbesondere über mein Verhalten Dir gegenüber.

»Wir reisen selbstverständlich zusammen, wir sind doch ein Team, schon vergessen Zeta?«

»Wir reisen auf gar keinen Fall zusammen nach Juppstadt zurück.« sagt ζ spontan ohne lange zu überlegen,

»Mein Ziel kennst Du, und ich habe es bislang nicht erreicht; Dein Ziel war es aus Juppstadt auszubrechen, dieses Ziel hast Du erreicht, warum willst Du Deinen Erfolg nun wieder aufs Spiel setzen Beate?«

»Du hast *nicht* ganz recht Zeta. Mein Ziel war es mit *Dir* zusammen aus Juppstadt auszubrechen. Ohne Dich wäre ich in Juppstadt geblieben, das ist mal sicher. Ich will bei Dir bleiben!«

»Auch wenn ich meine Frau wieder finde?« fragt ζ Beate.

»Ja, auch dann, ich denke deine Frau und ich werden die besten Freundinnen werden.«

Diese Diskussion artet fast in einen kleinen Streit aus.

»Überstürzen wir nichts, wir sollten uns reiflich in den nächsten Tagen überlegen was für uns der beste und Erfolgversprechendste Weg ist.«

»Spontaneität ist nicht gerade Deine Stärke Zeta. Vielleicht sind wir gerade deswegen so ein gutes Team geworden.«

Beate und ζ hecken wieder einmal einen Plan aus.

ζ will die Rückreise zwecks der Suche nach seiner Frau in Juppstadt wagen, er weigert sich aber Beate mitzunehmen.

Ein halbtägiges Spiel beginnt:

Beate: »Wir fahren beide zusammen oder es fährt keiner!«

ζ: »Ich fahre allein oder gar nicht!«

Beate: »Wir fahren beide zusammen oder es fährt keiner!«

ζ: »Ich fahre allein oder gar nicht!«

....

gewinnt ζ, nachdem Beate die Klügere resigniert aufgibt.

ζ fährt in Richtung Juppstadt zurück und sie suchen sich in Glücksburg ein Hotelzimmer, ihr Hauptquartier, wie sie das nennen.

'Nomen est Omen', wie ζ das mit seinem kleinen Latinum nennt, ohne jemals an irgendeinen Sinn dieses Zitates zu glauben.

Beate und ζ mieten bei der Post in Glücksburg ein Postfach, der als längerfristiger Briefkasten gedacht ist, als Kontaktanschrift falls sie sich aus den Augen verlieren. Sie mieten ihn gleich fest für 5 Jahre. ζ kauft für sich noch warme, wetterfeste Klamotten und anständige Camel- Boots und einen Schlafsack. Er muss damit rechnen, dass er im Freien campieren muss. Er kauft auch eine leichte kleine Kamera, leider ist es ihm nicht möglich Filme mit höherer Empfindlichkeit als magere ASA tausend in Glücksburg aufzutreiben.

Beate und ζ kontrollieren ihre Mittel, Bargeld und Wertsachen. Sie beschließen: ζ nimmt 500.- mit, der immer noch ganz beachtliche Rest bleibt bei Beate, die zunächst zu gleichen Teilen im Teamgedanken aufteilen will.

»Was soll ich mit Geld in Juppstadt Beate. Wenn ich aus welchen Gründen auch immer nicht zurück zu Dir kann, musst Du Dir eine neue Existenz aufbauen, vermutlich wirst Du Dir

65

dann irgendwo einen Buchladen einrichten. Außerdem ist das Dein Geld, meines haben wir bei der Suche sicherlich aufgebraucht. Das was Du noch hast dürfte gerade für einen bescheidenen Neuanfang ausreichen. Also sei sparsam.«
»Ja, Ja, und sei ein braves Mädchen, hur, sauf und rauch nicht soviel. Versprochen *Papi*.«
mault Beate, was für ζ unverständlich ist.

Beate gibt ζ ein Papier in die Hand an ihre Angestellte in Juppstadt gerichtet mit dem Inhalt:
1. Händigen Sie Zeta, den Sie kennen, meinen Wohnungsschlüssel aus.
2. Führen Sie das Geschäft eigenverantwortlich weiter, tätigen Sie auch Einkäufe in meinem Namen, und zahlen Sie die Überschüsse auf mein Konto ein. Ich werde mich alsbald wieder selber ums Geschäft kümmern. Mein Urlaub geht nun bald zu ende. 'lügt Beate'
    Datum, Unterschrift.
»Aber doch nicht auf diesem Hotelpapier Beate, wenn ich damit erwischt werde, bevor ich das Papier fressen kann, sind Sie, Pardon bist Du, auffindbar.« sagt ζ.
Beate geht zur Rezeption und kommt mit dem Paper auf neutralem Papier zurück.

ζ will in spätestens vierzehn Tagen zurück sein. Sollte er diesen Termin nicht einhalten, soll Beate im Postfach Nachrichten hinterlegen und anfangen sich eine Existenz aufzubauen.
Zwei Wochen scheinen ζ wirklich ausreichend zu sein, um seine Frau, sollte sie in Juppstadt sein, zu finden. Er kennt alle ihre Lebensgewohnheiten und glaubt nicht daran, dass sie sie vollständig geändert hat.
ζ fährt mit seiner Ausrüstung gegen zweiundzwanzig Uhr los, um Juppstadt noch in der Dunkelheit zu erreichen.
ζ kurvt in der Gegend herum, er findet bis zum Morgengrauen

keine Zufahrtsstraße nach Juppstadt und kehrt resigniert nach Glücksburg in das Hotel zu Beate zurück.

»Hi Beate, ich bin erst einmal wieder da.«, sein 'Null-Success-Gerede' erspart er Beate, »ich kann Juppstadt nicht wieder finden.«

Beate und ζ schmusen den Rest der Nacht über rum und erst gegen späten Mittag wachen sie auf.

Noch im Bett liegend sagt ζ:

»Ich brauche Deine Hilfe Beate, ich habe den Zugang zu Juppstadt auch nach intensiver Suche nicht wieder gefunden. Hast Du Erinnerungen daran, ob wir beim Verlassen des Juppstadtbezirks irgendwie Schotterwege, Waldwege oder so etwas vor Erreichen der Hauptstraße befahren haben?«

»Nein, ich habe nicht so darauf geachtet, ich war nur froh, aus Juppstadt verschwinden zu können, und ich war richtig froh als wir eine neutrale, ausgeschilderte Landstraße erreicht hatten. Wir suchen heute Abend gemeinsam.« sagt Beate bestimmt.

»Wir suchen *jetzt* gemeinsam. Wir sind doch ein Team, das hast Du gestern noch ausdrücklich betont.« sagt ζ bestimmter, und Beate und ζ machen sich auf den Weg mit dem Ford, den ζ wirklich nicht gern fährt, sein BMW muss her.

»Dies ist eindeutig die Landstraße auf die wir beim Verlassen von Juppstadt gestoßen sind. Wenn ich in Richtung Süden fahre, umgehe ich den Juppstadtbezirk irgendwie. Es muss einen nur schwer erkennbaren Abzweig zu Juppstadt geben. Da ist ein Feldweg, ich denke wir warten auf den nächsten Truck, wenn er in einen Feldweg oder etwas ähnlichem abbiegt, könnten wir den Weg nach Juppstadt gefunden haben. Es muss ein Verkehr zur Versorgung der Stadt in den Juppstadtbezirk geben!« sagt ζ.

Jeder Truck, den sie verfolgen bleibt auf den offiziellen, in Karten eingezeichneten Landstraßen. Beate und ζ verfolgen die Trucks, aber nur bis zum südlichen Bereich der von ζ eingekreisten Fläche.

67

Etwas frustriert kehren Beate und ζ in ihr Hotel am späten-Abend zurück.

»Es muss einen Verkehrsweg nach Juppstadt geben. Juppstadt wird von außen über Straßen und Wege versorgt, beileibe nicht aus der Luft, das hätte ich längst bemerkt.« behauptet ζ und davon lässt er sich nicht abbringen. Beate stimmt dem zu, zumal sie weit länger in Juppstadt gelebt hat als ζ.

Am nächsten Tag fahren Beate und ζ in den südlichen Bereich des Juppstadtbezirks und nehmen, da ihnen nichts anderes einfällt, die Verfolgung von Trucks wieder auf. Jeder, den sie verfolgen bleibt auf den Landstraßen der öffentlichen Karten.

Resigniert, kehren sie wieder in ihr Hotel zurück. Noch einen weiteren Tag verbringen Beate und ζ mit der Verfolgung von Lastkraftwagen rund um den Juppstadtbezirk, ohne jeden Erfolg. ζ kauft in Glücksburg noch am selben Abend einen Rucksack, einen Kompass und bestmögliche Karten von diesem Bezirk.

Er lässt sich am nächsten Nachmittag von Beate in die unmittelbare Nähe des Juppstadtbezirks fahren. ζ will nun Juppstadt zu Fuß erreichen, eine Wegstrecke, auch querfeldein, von maximal fünfundzwanzig Kilometern, muss doch in einer Nacht überwindbar sein.

Es bleibt bei der zwei-Wochen-Absprache zwischen Beate und ζ.

ζ wartet bis zur Dämmerung und bricht dann auf den Fußmarsch querfeldein nach Juppstadt auf.

»Ich sehe Dich wieder Beate, was auch immer passiert.« und er gibt ihr ein zartes Küsschen mit auf ihren Weg.

ζ kann sich nur auf seinen Kompass verlassen. Er wandert in seine Richtung. Nach etwa eineinhalbstündigem Fußmarsch erreicht er eine Anhöhe, von der er den typischen Lichtschimmer eines Ortes wahrnimmt, 'Das muss Juppstadt sein' denkt ζ und marschiert weiter in diese Richtung. Nach circa einem

Kilometer kommt er an einen Streifen gepflügten, geharkten unbebauten Ackers.

ζ schätzt die Tiefe auf fünfhundert Meter, die Breite ist auch mit seinem nachttüchtigen Fernglas unabsehbar. 'Das muss ein Minenfeld sein.' brabbelt ζ vor sich hin. ζ traut sich nicht dieses Terrain zu überqueren. Wenn er von einer hinterhältigen Tretmine zerfetzt wird, hätte weder seine Frau, noch Beate, von ihm ganz zu schweigen, etwas davon.

Selbstverständlich versucht ζ Fotos zu machen, ohne Stativ dreißig Sekunden freihändig fotografieren kann nur verwackelt sein, es wird aber etwas darauf zu sehen sein.

Er geht entlang des Minenfeldes vor sich hin, das Minenfeld muss irgendwo unterbrochen sein, es muss einen Weg nach Juppstadt geben, Juppstadt wird nicht aus der Luft versorgt, das hätte ζ längst während seines Aufenthaltes in dem abgeschiedenen Ort bemerkt.

Im späten Morgengrauen, nach einen mindestens fünfundzwanzig Kilometer-Marsch durch unwegsames Gelände, beschließt ζ zu kampieren, er robbt ins Unterholz, kriecht in seinen Schlafsack und schläft alsbald ein.

Gegen Mittag, wacht ζ auf und sondiert vorsichtig seine Umgebung. Er kann nichts Auffälliges entdecken, er bleibt aber bis Sonnenuntergang verdeckt bedeckt. Dann nimmt er seine Suche zum Zugang nach Juppstadt wieder auf. Schon nach einem Kilometer findet er einen Weg durch das Mienenfeld.

ζ kann keinen Wachposten entdecken, die Betreiber der Juppstadtregion scheinen sich sehr sicher zu sein.

Der Weg ist leider flüssig in form eines circa 40 Meter breiten Flusses. ζ entschließt sich die circa 500 Meter zur Überwindung des Minenfeldes zu schwimmen. Alle seine Sachen packt er in seinen wasserfesten Schlafsack und hofft, dass der so wasserdicht ist, wie der Hersteller verspricht. *Brirrr* ist das Wasser kalt. ζ schwimmt los und schiebt seinen Schlafsack vor sich her. 'ζ der Profi-Überläufer beim Survival-Training', lenkt er sich

69

geistig ab.

Völlig erschöpft und durchgefroren überwindet ζ 'mit Müh und Not' den Minengürtel.

Nun aber Trocknen und Aufwärmübungen veranstalten. ζ stellt sich einen schönen Grog vor, wenn es kein Grog sein kann, ein Glühwein mit Schuss würde jetzt auch weiter helfen. Es ist aber weit und breit keine Glühwein Bude zu entdecken, immer wenn man was braucht ist es nicht verfügbar, lenkt ζ sich ab, bis er zu seiner geistigen Normalität zurückfindet.

ζ bekleidet sich wieder und macht sich auf seinen Weg.

Schon kurz nach Mitternacht erreicht ζ die unmittelbare Peripherie von Juppstadt und sucht sich wieder einen Unterschlupf zum Schlafen.

Am nächsten morgen betritt er wieder die eigentliche Kleinstadt Juppstadt.

ζ richtet sich so gut wie irgend möglich her und macht sich auf den Weg zu Beates Laden. Der Laden als Buchladen existiert nicht mehr. Irgendwie wird er umgebaut. ζ geht zu Beates Wohnung und findet praktisch dieselbe Situation vor, die Wohnung wird irgendwie neu eingerichtet. Daraufhin vernichtet ζ Beates Schreiben, es hat für ihn keinerlei Wert mehr.

ζ schlendert so lässig und unauffällig wie möglich zur Bank um die Bankcards von Beate und ihm zu testen. Er entscheidet sich aber anders. Er wird sie erst kurz vor dem Verlassen von Juppstadt noch einmal ausprobieren, oder besser doch nicht?, das könnte seine Anwesenheit verraten!

ζ kennt die beiden Bäckereien von Juppstadt. Er weiß, dass seine Frau regelmäßig Brot einkauft, dies ausschließlich in Bäckereien, niemals im Supermarkt. In welche der Bäckereien würde sie wohl gehen?

ζ entscheidet sich für eine und sucht sich ein Versteck von dem aus er den Eingang des Ladens beobachten kann. Er erwartet seine Frau zwischen zehn und zwölf Uhr, sie erscheint nicht. Er würde sie sofort wieder erkennen, ihre Frisur und Haarfarbe

70

mag verändert sein, sie mag für sie und ζ eine völlig ungewohnte Bekleidung tragen, sie mag etwas zu- oder abgenommen haben, ζ würde sie auf Grund ihres Erscheinungsbildes von vorn, links, hinten, rechts und oben sofort aus jeder Perspektive wieder kennen.

Die Gründe sind nicht beschreibbar, aber dennoch real vorhanden, genauso wie ein hinreichend sensibler Mensch die Anwesenheit eines anderen Menschen in einem Raum spürt, ohne dass er ihn mit den bekannten, definierten, fünf Sinnen wahrnehmen kann.

Seine Frau von unten aus jeder Perspektive wieder zu erkennen traut selbst ζ sich nicht zu.

Eventuell hat Gabriele ihre Einkaufszeiten geändert oder ändern müssen. Gründe könnten es etliche geben, aber sie wird wohl kaum auf ihr Brot verzichten!

Deshalb kehrt ζ schon zur Öffnungszeit der Bäckerei am nächsten Morgen aus seinem Versteck zurück, und beobachtet die Ladentür bis zum Ladenschluss.

Seine Frau war unter den Kunden nicht dabei.

ζ versucht das gleiche Spiel am nächsten Tag. Seine Frau war unter den Kunden nicht dabei.

'Falscher Laden?' denkt ζ und betreibt das Spiel vor der anderen Bäckerei von Juppstadt, auch zwei Tage lang. Seine Frau kann er unter den Kunden nicht ausmachen.

Zur Mittagszeit, wenn die Bäckereien geschlossen sind, läuft ζ den Markt ab und beobachtet die Obst und Gemüsestände, denn frisches Obst und Gemüse kauft Gabriele auch regelmäßig.

ζ kann seine Frau Gabriele nirgendwo entdecken. Auch bis zum späten Abend sucht ζ weiter. Kneipen, Restaurants, Pinten, muss ζ nicht absuchen, dahin geht seine Frau nicht, oder nur selten und nie allein.

ζ wird von Tag zu Tag betrübter, da seine Hoffnungen, seine Frau wieder zu finden, immer weiter schwinden.

Nachts wird ζ zum Spanner, und linst mit seinem Fernglas in

71

fremde Wohnungen, Straße für Straße, Wohnung für Wohnung. Was der Staat kann, kann ζ schon längst.

In keiner der Wohnungen, die er absucht, kann er seine Frau irgendwo entdecken.

Sein anfänglich schlechtes Gewissen bei dieser Tätigkeit schwindet und ist schon in der vierten Nacht völlig verschwunden.

ζ wird von Tag zu Tag verlotterter, er müsste unbedingt baden, so wie er herumläuft und riecht wird er immer auffälliger, was er unbedingt vermeiden muss und will. ζ springt mitten in der Nacht in den nahe liegenden Bach, *brirrr* ist das kalt, aber er fühlt sich nach dem Bad sehr viel wohler, eine heiße Dusche kann er leider nicht realisieren.

ζ zieht sich in seinen Schlafsack zurück, und schläft mit dem Gedanken 'hoffentlich wird der nächste Tag nicht so frustig wie die vorherigen' ein, er denkt an seine Frau und an Beate.

Aber gegen drei Uhr morgens in dieser vierten Nacht am Juppstadtrand wird er durch Motorenlärm geweckt.

ζ schleicht verdeckt in diese Richtung. Sieben Militärtransporter fahren im Konvoi auf einen Platz, und laden sieben neutrale LKWs aus, und laden fünf bereitstehende neutrale Lkws ein und verschwinden wieder.

'AHA' sinniert ζ 'so also wird Juppstadt versorgt. Kein Wunder, dass Beate und du keinen Zugang zu Juppstadt gefunden hast'. Auch hier versucht sich ζ wieder an Fotos.

ζ geht den Schotterweg, über den die Militärtransporter wieder verschwunden sind nach. 'Das könnte doch ein leichter Rückweg werden.' denkt ζ und kehrt zu seinem Unterschlupf zurück.

Im Laufe seines Aufenthaltes im Juppstadtbezirk bemerkt ζ noch einmal so einen Transport zu nachtschlafender Zeit.

ζ beobachtet Tag für Tag Örtlichkeiten von Juppstadt, die seine Frau Gabriele regelmäßig aufsuchen würde. Im Gegensatz zu seinem ersten Aufenthalt in Juppstadt, wo er sich so auffällig benahm wie er irgend konnte, versucht er nun so unauffällig als möglich, möglichst unsichtbar zu sein. Eine Tarnkappe wäre ideal.

Tag um Tag vergeht.

ζ verbringt seine Zeit mit der Beobachtung von den paar Geschäften in Juppstadt in denen Gabriele einkaufen würde und in der Kleinstadt einkaufen muss. Nacht für Nacht verbringt ζ als Spanner ohne jemals etwas wirklich Geiles zu sehen.

Tag um Tag vergeht.

Nach zwölf Tagen in Juppstadt gibt ζ die Suche nach seiner Frau in Juppstadt auf. Er ist nun überzeugt, dass Gabriele, seine Frau, nicht in Juppstadt lebt, da ist er sich nun ganz sicher.

Daher begibt sich ζ in der zwölften Nacht auf den Rückweg nach Glücksburg zu Beate.

Die Idee des Rückweges über den Weg der Militärtrucks erweist sich als völlig richtig, über diesen Weg verlässt ζ im Schutz der Dunkelheit den Juppstadtbezirk.

ζ erreicht über einen versteckten Schotterweg eine Landstraße, die er kennt. Auf dieser Straße hatte ihn Beate vor 12 Tagen abgesetzt. Er befindet sich nach seiner Schätzung 170 Kilometer von Glücksburg entfernt. Seine Zeit wird nun knapp, will er noch rechtzeitig zum mit Beate verabredeten Termin in Glücksburg sein. ζ schwant böses. Hat er sich wohlmöglich um einen Tag vertan, muss er schon morgen in Glücksburg sein? Das wird aber nur schwer zu schaffen sein.

Hat ζ die erste Nacht am Rand des Minenfeldes eigentlich mitgezählt? Er ist sich nicht mehr ganz sicher.

An trampen wagt ζ gar nicht zu denken, ζ muss sich eingestehen, dass er ziemlich verlottert und unsauber ist, von fast zwei Wochen kampieren im Freien und allenfalls vier Stunden Schlaf pro Tag. Wie angenehm, dass er sich nicht in einem Spiegel betrachten kann.

So schnell es ihm irgendwie möglich ist, geht ζ nun die Landstraße in Richtung Norden, am Trampen versucht er sich dabei, aber niemand der in seine Richtung fährt hält an.

'Verständlich' denkt ζ, 'ich würde um diese Zeit wohl auch kaum einen aggressiv aussehenden Penner mitnehmen'. ζ schafft sieben Kilometer in der Stunde.

Er muss irgendwie einen Ort erreichen, um dort irgendein Transportmittel zu finden, sei es Bahn, Bus, Taxe Mietwagen, irgendwas. ζ schafft in dieser Nacht noch 50 Kilometer zu Fuß und erreicht einen Ort der Sango heißt. Sango hat keinen Bahnanschluss, Sango hat kein Taxiunternehmen, Sango hat keinen Mietwagenservice, Sango hat auch keine Telefonzelle; was sollte Sango auch mit allen diesen Einrichtungen.

Sango hat aber eine Bushaltestelle.

'Scheiße' denkt ζ 'der Früh-Bus in Richtung Norden ist schon weg'. Der nächste Bus fährt erst um siebzehn Uhr einunddreißig. Der nutzt ζ nichts mehr.

ζ versucht Einwohner von Sango zu überreden ihn gegen Bezahlung nach Glücksburg zu fahren. Jeder den er anspricht schüttelt nur verständnislos den Kopf. ζ versucht ein Fahrrad zu kaufen, niemand will ihm eines verkaufen. ζ erwägt einfach ein Fahrrad zu klauen, lässt es aber. Damit würde er nicht weit kommen, vermutlich noch nicht einmal bis zum Ortsausgang, er ist schon auffällig genug geworden.

ζ verlässt Sango zu Fuß in Richtung Norden. Er versucht sich weiter im Trampen und hat gegen Mittag Glück?. Ein Viehtransporter ohne Vieh nimmt ihn mit. ζ wird nun als Vieh transportiert, er darf in dem unsauberen, mit vollgeschissenem Stroh ausgelegten Laderaum mitfahren. Der Fahrer setzt ihn an einem Abzweig etwa fünf Kilometer von Glücksburg entfernt ab und wünscht ihm viel Glück.

Auf müden Füßen geht ζ nach Glücksburg. Eineinhalb Stunden benötigt er, er rezitiert aus "So weit die Füße tragen" um sich abzulenken, und erreicht sein Hotel um die Mittagszeit.

»Hallo,« sagt ζ an der Rezeption so fröhlich aber bestimmt wie ihm das möglich ist, »ich bin wieder da.«. Der Portier, der ζ selbstverständlich kennt kuckt ζ fragend an.

74

»Einen Survival-Trip sollten Sie unbedingt einmal ausprobieren. Das ist ein echtes Erlebnis.«

»Ich weiß nicht, was ein Survival-Trip ist, ich weiß nur, dass ihre Frau gestern abgereist ist Herr Balthasar.«

Der Portier weiß selbstverständlich nicht, dass Beate nicht seine Frau ist, 'Wie schnell doch man zu Trugschlüssen kommt.' denkt ζ.

»Ihre Frau hat aber eine Nachricht hinterlassen und auch eine Tasche, offenbar mit Kleidung.« und übergibt sie ζ, der Portier kann sich nicht verkneifen zu bemerken:

»Die könnten Sie sicherlich jetzt gut gebrauchen.«

»Ach, übrigens, heute Morgen hat schon jemand nach Ihrer Frau gefragt. Unser Haus ist diskret, wir haben keinerlei Auskunft gegeben. Nur dass Sie Bescheid wissen.«

'Das war aber knapp mit dem Termin' denkt ζ 'leicht daneben ist auch daneben' grinst er in seiner typischen weise innerlich, 'ich hätte gar nicht gedacht, dass die Behörden dieses Landes so schnell sein könnten'.

Nur mir äußerster Mühe, unter Einsatz allen Charmes zu dem ζ fähig ist, lässt sich der Portier dazu überreden ζ für eine Nacht ein Zimmer zu vermieten. Nur gegen Vorkasse und Bakschisch, versteht sich.

Das Bakschisch fällt großzügig aus, nicht zuletzt wegen der letzten Bemerkung des Portiers, ζ lässt sich nicht lumpen, ist diese Information doch sehr wertvoll für ihn.

Nun erstmal die Klamotten aus, Baden und ab ins Bett. ζ ist erschöpft, und kann gerade noch Beates Nachricht ein erstes Mal lesen ohne den Inhalt ganz zu verinnerlichen:

" Lieber Zeta

Ich bin gemäß unserer zwingenden Vereinbarung abgereist.

Ich mache mich nach Stocken auf, mir gefällt deine Stadt.

Sobald ich eine Adresse habe schicke ich einen Brief an unseren 'toten Briefkasten'. Hoffentlich hattest Du Erfolg, lass was von Dir hören.Alles Gute und liebe Deine Beate"

Ja, auf Beate ist Verlass!

ζ *verkommt*

Ja, auf Beate ist Verlas!
Das merkt ζ schon am nächsten Mittag, als er sich frisch gewaschen, rasiert, geschoren, sauber gekleidet und ausgeruht mit freundlichem Gruß das Hotel verlässt, sein Gepäck, bestehend aus der Tasche, die ihm Beate zurückgelassen hat, und seinem Schlafsack über der Schulter, zum 'toten Briefkasten' geht.
"Bis 15:00 geschlossen" muss ζ zur Kenntnis nehmen, und er wartet bis 15:00.
Beate hat ein gleichlautendes Schreiben wie im Hotel im Brieffach hinterlegt.
ζ ist längst klar geworden, dass er nur in Glücksburg warten kann bis sich Beate wieder meldet. Er rechnet frühestens in einer Woche mit einer neuen Nachricht von Beate.
Er zählt sein Geld, und stellt fest: er verfügt noch über den stolzen Betrag von 231.74.
Die Ausgaben in Juppstadt und das Hotel letzte Nacht, haben sein Budget von 500.- geschmälert. ζ geht zu seiner Bank und probiert die Bankcards von ihm und Beate. Der Kontoauszugsautomat meldet auf seine Karte: 'Karte ungültig', Beates Konto existiert noch und weist ein Guthaben von 772.31 aus.
Wenn ζ jetzt Beates Dispolimit wüste! 'egal' denkt ζ. Ran an den Geldautomaten, und tausend anfordern ist schon Routine. Der Automat spuckt tatsächlich unter Eingabe von Beates PIN zehn Hunderter aus. JUHU, freut sich ζ.
ζ beschließt sich in Glücksburg ein ganz einfaches Quartier zu suchen, er findet aber nichts ihm Zusagendes, und beschließt wieder im Freien zu kampieren, noch lässt die Witterung dies zu.
Die nächsten Tage hängt ζ rum. Sein Tagesablauf sieht folgendermaßen aus:
Aus dem Schlafsack krabbeln, seine Sachen zusammenpacken, dann das öffentliche Bad in der Entfernung von circa drei

76

Kilometern aufsuchen, dann zur Post zu seinem Brieffach gehen, den Rest des Tages rumhängen und irgendwann nach Sonnenuntergang wieder in den Schlafsack krabbeln.

Gelegentlich verbringt ζ Stunden in der öffentlichen Bücherhalle von Glücksburg, und versucht zu lesen, er kann sich aber nicht so recht konzentrieren.

Er probiert noch einmal Beates Bankcard, die aber ohne jeden Kommentar eingezogen wird.

'Solltet ihr Staatsspinner Beate hier suchen wollen, viel Glück ihr Staats-Piss-Spinner!' sinniert ζ.

Erst nach zehn Tagen findet ζ eine Nachricht von Beate vor:

" Lieber Zeta
   Ich bin nun in Stocken. Sobald ich eine
   Adresse habe schicke ich einen weiteren
   Brief nach Glücksburg.
        Alles Gute und liebe, ich vermisse Dich sehr
                      Deine Beate"

'Schreibfaules Gör' denkt ζ und kann nichts tun als warten.

Er nimmt es Beate nicht übel, er ist doch der Dussel, der noch nicht einmal richtig bis vierzehn zählen kann.

ζ lottert weiter vor sich hin in seinem momentanen monotonen Tagesrhythmus. Acht Tage nach der letzten Nachricht, findet ζ im Brieffach einen neuen Brief von Beate vor.

" Lieber Zeta
   Meine Adresse in Stocken ist:
   E. Kortan-Haase
   Possenstrasse 17 a
   24816 Stocken   noch kein Telefon!
In 10 Tagen schicke ich einen weiteren Brief nach Glücksburg.
Alles Gute und liebe, ich vermisse Dich sehr! sehr!! sehr!!!...
                      Deine Beate
P.S. Zeta: bitte melden, bitte melden"

77

'Schreibfaules Gör' denkt ζ wieder.

Doch noch am selben Tag schickt ζ einen Brief an Beates Anschrift ab und hält sich an ihren knappen Schreibstil:

" Hi liebe Beate,
Ich habe Deine 2 Briefe erhalten.
 Bestätige bitte noch einmal Deine Anschrift:
 E. Kortan-Haase
 Possenstrasse 17 a
 24816 Stocken

Ich möchte sicher gehen, dass ich Dich auch erreiche. Ich bin die herumirren langsam leid.

Ich liebe Dich und erwarte umgehend eine Nachricht von Dir. Dann werde ich mich sofort auf den Weg zu Dir machen.

Meine Mittel gehen langsam aber sicher zu ende, zumal ich auch Dein Konto restlos geplündert habe. (Ohne allzu schlechtes Gewissen.)

Ich habe meine Frau in Juppstadt nicht gefunden.

    Ich liebe und vermisse Dich Beate
            Dein Zeta
P.S.   Zeta: bitte melden bitte melden"

ζ gibt als Absender das Brieffach in Glücksburg an.

Nach weiteren fünf Tagen findet ζ einen Brief in seinem Brieffach vor und freut sich, und erschrickt dann sogleich. Es ist sein Brief mit dem Postvermerk:

 "Empfänger unbekannt, Brief retour"

ζ kontrolliert die Anschrift auf seinem Brief, sie stimmen mit Beates Angaben überein, kein Zifferndreher, der Name, die Straße, die Stadt alles vollkommen richtig nach Beates Angabe in ihrem Schreiben.

'Dämlicher Postzusteller' murmelt ζ vor sich hin. Er schickt

78

sofort einen neuen Brief an Beate ab:

" Hi liebe Beate,

Ich habe Deine Briefe erhalten.

Leider sind meine Briefe als unzustellbar zurückgekommen.

Die Anschrift:

E. Kortan-Haase

Possenstrasse 17 a

24816 Stocken

ist nicht zustellbar, ich versuche es noch ein Mal.

Ich möchte sicher gehen, dass ich Dich auch erreiche. Ich bin die Rumirrerei endgültig leid.

Ich liebe Dich und erwarte umgehend eine Nachricht von Dir. Dann werde ich mich sofort auf den Weg zu Dir machen.

Meine Mittel gehen langsam aber sicher zu ende, zumal ich auch Dein Konto restlos geplündert habe. (Ohne allzu schlechtes Gewissen.)

Ich habe meine Frau in Juppstadt nicht gefunden.

Ich liebe und vermisse Dich Beate

Dein Zeta

P.S. Beate: Bitte melden bitte melden"

ζ gibt als Absender das Brieffach in Glücksburg an. Er beschwert sich bei der Post, aber der Postfilialleiter kann und will auch nicht viel tun: Stocken ist nicht sein Zustellungsbereich.

ζ begibt sich sofort in die öffentliche Bücherhalle von Glücksburg und muss ein Schild an der Tür

"HEUTE GESCHLOSSEN"

zur Kenntnis nehmen. 'Staatlicher Pissladen' denkt ζ und macht sich auf zum einzigen Buchladen von Glücksburg.

ζ will einen Stadtplan von Stocken kaufen.

»Stadtpläne von Stocken führen wir hier nicht.« keift die Verkäuferin spitz. Warum muss sie ζ so anfahren, er will sie doch nicht vergewaltigen, oder hätte sie das gern, und ist sie nun enttäuscht, dass er das nicht tut? ζ ordert lässig einen Stocken-

79

Stadtplan, und es wird ihm versprochen, er könne ihn in zwei Tagen abholen.

'Pissladen in einer Pissprovinz' denkt ζ als Großstädter, nimmt den Gedanken aber zurück, hoffentlich kann der Laden bis übermorgen liefern.

Warum geht ζ das Wort 'Pisse' mit den Wortzusammensetzungen 'Pissquatschidiotie, Pissscheiße, Pissstaat et cetera, nicht aus dem Kopf, diese Wörter haben doch früher nicht zu seinem aktiven Sprachschatz gehört.

ζ besucht die öffentliche Bücherhalle an nächsten Morgen. Wenigstens kann er sich schön aufwärmen, die Nächte draußen werden Tag für Tag unangenehmer. ζ ist als Großstädter eine warme Wohnung gewohnt.

Die öffentliche Bücherhalle von Glücksburg hat keine Stadtpläne von Stocken. ζ liest tagsüber zum zweiten Mal 'Jenseits des Bösen' von Clive Barker, ζ schätzt Clive Barker, als einen der ganz großen zeitgenössischen Schriftsteller.

Es geschehen noch Zeichen und Wunder, tatsächlich erhält ζ am nächsten Vormittag in der Buchhandlung einen Stocken-Stadtplan, zwar nicht die neueste Auflage, 'Was willst du denn in der finstersten Provinz erwarten' und kauft den drei Jahre alten Stadtplan zum Preis eines Neuen, in der Hoffnung die Possenstraße zu finden.

Eine Straße mit dem Namen 'Possenstraße' findet ζ nicht im Straßennamenverzeichnis des Stadtplans von Stocken.

Kannst du Beates Handschrift nicht entziffern? Beate hat doch ihre Adresse klar in Blockschrift angegeben.

ζ sucht in dem Straßenverzeichnis des Plans und findet eine Rossenstraße. Er findet eine Rosenstraße, er findet eine Dossenstraße, er findet eine Lossenstraße. An alle diese Adressen schickt er Briefe an Beate. Etwas schwierig ist die Suche nach Postleitzahlen, deren Sinn für ζ mal wieder nur schwer begreifbar ist.

Leider weist der Stadtplan keine Postleitzahlen zu den Straßen aus. ζ sucht die Postleitzahlen in mühevoller Kleinarbeit heraus und schickt gleich lautende Briefe ab an:

E. Kortan-Haase
Rosenstraße 17 a
24816 Stocken

E. Kortan-Haase
Dossenstraße 17 a
24806 Stocken

E. Kortan-Haase
Lossenstraße 17 a
24818 Stocken

Selbstverständlich schickt ζ auch weiter Briefe an die Anschrift

E. Kortan-Haase
Possenstraße 17 a
24816 Stocken

ζ zieht sich in sein Versteck zurück und nimmt seinen nun gewohnten Tagesablauf wieder auf.
Alle seine Briefe erhält er innerhalb einer Woche zurück.
"Empfänger unbekannt, Brief retour"
Auch ist ein neuer Brief von Beate dabei, mit Poststempel 'Stocken'.
Inhalt:
"Zeta ich bin in Stocken. Bitte melden, bitte melden."

Absender:
E. Kortan-Haase
Possenstraße 17 a
24816 Stocken

An welcher Stelle, es kann doch eigentlich nur der Straßenname sein, vertut Beate sich?

ζ sucht weiter in dem Stadtplan von Stocken, er sucht nach phonetisch ähnlichen Namen zu Possenstraße, und findet nichts, er sucht nach sinnverwandten Wörtern, Narrenstraße und ähnlich, und findet nichts.

Nun langt das ζ aber. Er macht sich auf den Weg nach Stocken! Die Nächte draußen werden immer unerträglicher, für diese Jahreszeit reicht ζ's Ausrüstung nicht mehr.

Auch bei sparsamster Lebensführung gehen ζ's finanzielle Mittel langsam zu ende. Seine Barschaft ist in der nunmehr sechs Wochen dauernden Wartezeit auf 426.48 zusammengeschrumpft. Mit diesem Restgeld kann ζ gerade eine Bahnfahrkarte nach Stocken bezahlen und eventuell zwei - drei Tage in Stocken (über-) leben.

Er löst eine Fahrkarte für die Bahn, selbstverständlich 1. Klasse, Penner zu Pennern. Der Kontrolleur in der Bahn kuckt ζ scheel an, ζ zeigt lässig sein Ticket, das der Bahnspinner leider nicht beanstanden kann, und sitzt allein in seinem schönen, gemütlichen Abteil. 'Weiber müssen doch hier auftauchen, rieche ich doch nun so schön männlich', denkt ζ und denkt eigentlich an Gabriele und Beate.

Für den achthundert Kilometer langen Schienenweg braucht ζ einen vollen Tag und erreicht Stocken- Hauptbahnhof um 22:22.

ζ macht sich sofort auf seine Suche. In der sechsten Telefonzelle findet er noch ein Telefonbuch mit einem Plan der Postleitzahlbezirke, wieso im Telefonbuch?

grinst ζ wieder einmal in seiner Weise, er weiß, kaum jemand wird seinen hintersinnigen Humor verstehen.

Die Rosenstraße und die Lossenstraße liegen in 24816 Stocken.

ζ schöpft Hoffnung und macht sich auf den Weg zu diesem

82

Stadtbezirk. Sieben Kilometer Fußmarsch legt er bis zur Lossenstraße zurück. ζ muss sein Geld sparen. Die Lossenstraße erreicht ζ kurz nach Mitternacht, die Hausnummer 17 drei Minuten später. *E. Kortan-Haase* ist auf keinem Klingelnamensschild zu entdecken. Die Hausnummer 17 a ist nirgends zu entdecken. Daraufhin geht ζ zur Rosenstraße und findet Hausnummer 17 und er findet 17 a.

'Frust lass nach' murmelt ζ,

E. Kortan-Haase steht auf keinem Klingelnamensschild.

ζ schleicht sich in den nächsten Park und schlägt im Unterholz sein Camp auf. ζ hat noch niemals so gefroren wie in dieser Nacht.

Er räumt seinen Unterschlupf im Morgengrauen und macht sich zum nächsten öffentlichen Bad auf. Na wenigstens etwas, er muss bis zur Öffnungszeit nur noch eine Stunde irgendwo rumgammeln, er findet eine Bäckerei mit Kaffeeausschank und zieht sich zwei Tassen heißen Kaffee rein und fühlt sich etwas wohler.

Nach dem Bad geht ζ noch einmal zur Lossenstraße und Rosenstraße

Hausnummern 17 und 17 a, er klingelt irgendwo ganz oben, und meldet sich süffisant in der Gegensprechanlage mit: "*Die hiehie Poohoost*, ich habe ein Einschreiben für Sie, sieht ganz nach einem Lotteriegewinn aus" und schon geht die Tür auf. ζ inspiziert kurz die Briefkästenschilder

'*E. Kortan-Haase*'

ist nicht dabei, auch nicht ähnlich, und er verschwindet wieder.

ζ sucht die anderen Anschriften mit langen, langen Fußmärschen auf. Das Ergebnis ist dasselbe wie am morgen. ζ findet die Straßen, ζ findet die Hausnummer, ζ findet aber keine Einwohner

'*E. Kortan-Haase*'.

ζ sucht nach einem neuen Unterschlupf. Er findet einen viel

83

versprechenden Schacht aus dem warme Luft strömt, der aber verschraubt ist. 'No Problem' murmelt ζ vor sich hin, 'du brauchst nur einen dreizehner Ringschlüssel. Gleich um die Ecke entdeckt ζ einen SB-Werkzeugladen, ζ schlendert rein, kuckt sich um, klaut einen dreizehner Ringschlüssel und fragt nach einem siebenundfünfziger Maulschlüssel. Der Verkäufer muss passen und schüttelt den Kopf. Er mag denken 'Wozu braucht ein Mensch einen siebenundfünfziger Maulschlüssel.' und ζ setzt wieder- einmal sein inneres Grinsen auf, weiß er doch dass es keine Muttern mit dieser Schlüsselweite gibt.

ζ verlässt den Laden. Dies war sein erster Ladendiebstahl, und ζ hat ein schlechtes Gewissen. ζ hat ein sehr schlechtes Gewissen. Im nächsten Supermarkt nebenan kauft ζ eine Flasche billigen Korn für die Nacht, und klaut ein richtig schönes handliches spitzes Küchenmesser, das er von nun an griffbereit in der Innenseite seines linken Camel-Boots bei sich trägt. Völlig wehrlos kann ζ sich dieser Gesellschaft, in der er sich nun als Streetwalker in einer Großstadt befindet, nicht mehr stellen, das ist ihm völlig klar, auch wenn er von seiner Haltung Pazifist ist (gewesen ist?). ζ muss darüber nachdenken.

ζ begeht danach etliche Diebstähle, schon nach dem Dritten hat er keinerlei Hemmungen mehr.

ζ kehrt zu seinem Schacht zurück, schraubt die Abdeckung auf und findet es richtig gemütlich darin, schön warm, nur leider kein Licht. Er beschließt, dies am nächsten Tag abzuändern.

ζ verlässt sein Versteck am nächsten Morgen, ohne ein Bad aufzusuchen, Badetag ist nur noch Samstag wie in diesem Land üblich, und sein rechtes Ei sagt ihm "Heute ist nicht Samstag!", sein rechtes Ei hat ihn noch niemals im Stich gelassen. Er riskiert seinen Schlafsack in seinem Versteck zu belassen, schraubt den Schacht wieder ordentlich zu, und begibt sich wieder auf die Suche nach Beate. Wieder hat er keinerlei Erfolg, alle Adressen, die er in Erwägung zieht, weisen sich als Fehlschlag aus.

Kurz vor Ladenschluss kauft ζ einen Schraubendreher und lässt lässig eine Taschenlampe mitgehen.

Er entwickelt langsam Routine. Batterien für die Lampe muss er wieder kaufen, 'Hat keinen Stil', brabbelt ζ vor sich hin, 'seit wann kaufst du was?'.

ζ findet Leitungen in dem Schacht und sogar eine Leuchte, die er einfach abreist, um sie in der Nähe seines Schlafplatzes anzuschließen. 'Na es wird doch immer gemütlicher, fast schon luxuriös.

Eine ganze Woche haust ζ in seinem Versteck. Tagsüber sucht er Beate, kauft Kleinigkeiten, und klaut sich seinen restlichen Lebensbedarf zusammen.

ζ kauft in seinem Werkzeugladen von seinem wirklich allerallerletzten Geld einen richtig guten Bolzenschneider, ζ kennt sich auch darin aus. ζ klaut in den beiden nächsten zwei Nächten sieben fast neue Fahrräder. Den Bolzenschneider auf das alberne Ringschloss oder die alberne Kette ansetzen und weg, wird schon beim zweiten Rad zur Routine. ζ deponiert seine Beute in der Nähe eines Geländes, auf dem übermorgen ein Flohmarkt stattfinden soll. Er wundert sich wirklich als er 'seine' ungesicherten Fahrräder am Flohmarkttag komplett wieder vorfindet.

ζ bietet seine Räder am Flohmarkttag um sechs Uhr an und um acht Uhr hat er alle bis auf eines verhökert. ζ zieht sich unauffällig zurück, als jemand misstrauisch wird. Er hat ein ganz gutes Geschäft gemacht, und er kann von dem Erlös etliche Tage 'über'-leben.

ζ beschließt wieder Raucher zu werden, und bricht mitten in einer Nacht einen Zigarettenautomaten mit einem Winkeleisen, das er gefunden hat, auf, 'nur keine Hemmungen zeigen' denkt er. Es gelingt ihm sogar noch in dieser Nacht eine Schachtel Streichhölzer abzustauben, ζ muss sich eingestehen, zu erbetteln; Raucher sind eine solidarische Gemeinschaft, Raucher sind die besseren Menschen. ζ schwört sich, sich zu bessern.

85

ζ beschließt sein Postfach in Glücksburg aufzusuchen, eventuell hat Beate ja doch noch eine brauchbare Nachricht hinterlegt.

Die Fahrt aber doch bitte nicht mit der Bahn.

ζ wird immer vornehmer, eine ordentliche Karosse muss her! Mindestens BMW 325i, wie ζ das von früher her gewohnt war. Nie wieder Ford, komme was da wolle.

Wie klaut man bloß ein Auto, ζ ist da noch wirklich ungeübt. 'Hättest du bloß ferngesehen, dann wüsstest du nun Bescheid. Fernsehen bildet.' denkt ζ. ζ hat Glück. Ein offensichtlicher Volltrottel verlässt seinen 520i vor MC Donalds mit laufendem Motor. ζ springt rein und gibt Gas 'scheiß untermotorisiertes Fahrzeug' brüllt ζ, aber keiner hört ihn. Bevor der Spinner die Pissscheißbullen benachrichtigen kann und bevor die sich aufmachen, zunächst nach MC Donalds, dann Protokolle aufnehmen, dann Fahndung ausgeben, ist er schon weit, weit weg. Er klaut noch Nummernschilder von einem anderen Fahrzeug, das irgendwie unbenutzt wirkt und hofft, dass der Besitzer das frühestens erst am nächsten Morgen merkt. Dann ist ζ längst in Glücksburg. Auf dem Weg nach Glücksburg muss ζ tanken. Nur nicht auffallen, Volltanken, bezahlen und weiterfahren, das kann nicht auffallen. ζ muss sich auch zusammenreißen, er darf im Verkehr nicht auffallen, obwohl er nun allzu gerne mit Max-Speed, wie er das nennen würde, fahren würde. ζ fährt ganz frech vor die Post in Glücksburg, selbstverständlich steht er im Halteverbot, seinem Lieblingshalteplatz und leert sein Briefach.

Ein neuer Brief von Beate ist da, Absender wieder (Frust lass nun endlich nach):

E. Kortan-Haase
Possenstraße 17 a
24816 Stocken

Kein Telefon.

'Scheiße, welches Spiel spielst du mit mir Beate?' grübelt ζ und merkt wieder einmal welchen Pisssprachgebrauch er sich mittlerweile zugelegt hat.

ζ macht sich sofort auf den Weg nach Stocken zurück.

Diesmal fährt er Max-Speed, es wird ihm langsam egal ob er aufgegriffen wird oder nicht.

Er muss noch einmal tanken. Ja diese Fahrweise ist teuer.

Stocken erreicht er gegen 18:00. In einem Randbezirk stellt ζ den 520i auf einem Park-and-Ride-Platz ab, und ärgert sich, dass er dem Besitzer mehr Sprit im Tank zurück lässt als er ihm geklaut hat.

'Na der soll doch mal gegen mich klagen', fabuliert ζ vor sich hin,' ζ wird einen Ausgleich fordern! Er wird den Diebstahl abstreiten, er wird die Benutzung des Fahrzeuges abstreiten, er wird angeben, dass er auf seine Kosten lediglich den schlecht betankten Wagen auf seine Kosten aus Mitleid mit dem Besitzer aufgetankt hat, er wird notfalls Anstiftung zum Diebstahl angeben, er wird Schadensersatz fordern, weil er sich an der Tür verletzt hat, er wird Strafanträge wegen übler Nachrede und Verleumdung stellen. Und wer nun die Nummernschilder getauscht hat, wird wirklich nicht nachvollziehbar sein.

Nun beweist mal schön Kläger, beweisbar gegen ihn wird NICHTS sein!'

Jedes Gericht muss ihn freisprechen, der Halter und Eigentümer des BMW 520i wird zu seinem Schaden auch noch jede Menge Hohn ernten!

Er muss noch mit Klagen wegen Fahrlässigkeit, Anstiftung zum Diebstahl und so weiter rechnen.

Recht in diesem Staat ist nun mal so,
alles Recht den Kriminellen!

Na also! Es geht doch!

Mit der Untergrundbahn fährt ζ wieder in Richtung seines Unterschlupfes. Praktisch von seinem allerletzten Geld kauft ζ zwei Flaschen Fusel und ein wenig zu essen ein, ein Einwegfeuerzeug lässt er mitgehen, ζ wird immer geübter im 'Mitge-

87

henlassen'.

Er zieht sich in sein Versteck, das er unverändert vorfindet, zurück und besäuft sich richtig schön.

Als er wieder aufwacht hat er keinerlei Vorstellung mehr, über Tag und Uhrzeit.

ζ beschließt passiver Bettler in dieser seiner? Stadt Stocken zu werden. Er muss nachdenken, was er nun tun will, kann, muss; er will und muss für seinen minimalen Lebensunterhalt sorgen, den er zusammenbetteln wird/muss.

ζ begibt sich in den nächsten Supermarkt, klaut geschickt mit einem Verwirr-Spiel zwei Filzstifte, die er in seinen Ärmeln versteckt, und kauft an der Kasse einen Kaugummi.

»Darf ich diesen Karton mitnehmen?« fragt ζ jemanden vom Personal des Ladens, als er im Vorraum etliche Kartonagen entdeckt.

»Ja, gerne.« ist der Kommentar.

ζ fertigt mit seinem geklauten Messer und seinen geklauten Filzstiften einen Pappaufsteller mit der Aufschrift:

Bitte unterstützen Sie mich
bei der Suche nach
Gabriele und Beate
Danke

Mit diesem Pappschild setzt sich ζ mitten in der City von Stocken auf eine Brücke angelehnt ans Geländer, und sinniert vor sich hin.

Staatspisser tauchen auf, ζ hebt noch nicht einmal seine Augenlider, als er angesprochen wird. Die Staatspisser verziehen sich auch wieder.

ζ wundert sich als er am Abend seine eingenommenen Spenden für die Suche nach Gabriele und Beate zusammenzählt. Es sind 72.12 eingegangen, davon kann ζ überleben.

Zweimal wird ζ gefragt, wer denn Gabriele und Beate sind, und

ζ antwortet bewusst einsilbig:

»Meine Gören, die ich liebe und die verschwunden sind.«

Er murmelt danke für jede Münze, und verwendet seine Zeit mit Denken über seine Lage und was er tun kann und will.

Es wird ihm völlig klar, dass er vollständig von dieser Gesellschaft in der er lebt, abgekoppelt wurde. Nach Juppstadt geht er freiwillig niemals zurück.

Er kann von den vorhandenen Einrichtungen, die er ja mitfinanziert hat, niemals mehr irgendetwas benutzen.

ζ kann sich keine Arbeit suchen, er hat keine Lohnsteuerkarte und keinen Sozialausweis.

ζ hat keine Personalpapiere mehr.

ζ hat keinen Wohnsitz mehr, er ist nirgendwo gemeldet und registriert.

ζ kann kein Konto eröffnen.

ζ wird nirgendwo irgendeinen Kredit erhalten.

ζ wird keine Wohnung mieten können.

ζ wird kein Telefon anmelden können.

ζ hat keine Möglichkeit mehr auf irgendeine medizinische Versorgung.

ζ kann eigentlich nichts tun mit dem ihm von seinem? Staat aufgezwungenen Renommee.

Na und, stört ihn das? Mitnichten!

Juppstadt wird er niemals irgendwo und irgendwann angeben, obwohl er die Papiere noch hat.

ζ kann von diesem Staat keinerlei Hilfe erwarten und muss sich vollständig allein durchschlagen, das wird ihm innerhalb des ersten Tages auf der Brücke klar.

Die weiteren Tage auf der, seiner, Brücke verbringt ζ mit Überlegungen was er weiter tun will.

Geld muss her!

ζ wird völlig klar, dass er nicht ewig auf der Brücke bettelnd sitzen kann und will. ζ braucht Geld, es bleibt ihm nichts anderes übrig als sich Geld zu beschaffen. Nur illegal? kommt in

Frage.

Hunderttausend ist das absolute Minimum.

Kleinere 'Geschäfte' schließt ζ aus.

'Tausend Handtaschen-Raube wirst du doch nicht, ohne dass du erwischt wirst, realisieren können.'

Es bleibt nur ein Raub oder Diebstahl in der Größenordnung mindestens hunderttausend, um wieder auf die 'Füße' zu kommen.

ζ plant. Stunde um Stunde auf der Brücke, er entwirft Möglichkeiten, er verwirft die Eine oder Andere, und zieht etliche ernsthaft in Erwägung.

Siebzehn Tage lang hockt ζ nun schon auf seiner Brücke.

Am siebzehnten Abend auf der Brücke, als ζ gerade mit 51.63 in der Tasche Feierabend machen will, hört er eine bekannte Stimme:

»Du brauchst nur noch den halben Tag hier zu sitzen, Zeta« sagt Beate.

»Gehen wir zu mir oder zu Dir?« fragt ζ müde in der üblichen Weise.

»Zu mir! selbstverständlich«. Beate hat es sich längst abgewöhnt das Wort 'natürlich' zu benutzen, wenn sie selbstverständlich meint.

»Nein erst zu mir!« sagt ζ bestimmt und umarmt Beate.

Schweigsam machen sie sich zu ζ's Unterschlupf auf. ζ schraubt die Abdeckung zu seinem Schacht auf und kramt seine Sachen zusammen, insbesondere die Notwendigkeiten, die Juppstadtpapiere und alle Briefe aus dem Postfach aus Glücksburg. Das allerwichtigste Utensil, die Filme aus dem Juppstadtbezirk, holt ζ aus einem Versteck in einem Versteck aus seinem Versteck.

Den Rest aus seiner Fusel-Flasche genehmigt ζ sich noch bis er wieder ebenerdig auftaucht. Auch schraubt er die Abdeckung des Schachtes wieder sorgfältig zu. ζ war immer ordentlich, und er weiß ja nicht ob er dieses Versteck noch einmal benutzen muss.

»Wo gehen wir hin Beate?«.

»Zu Deinem Wagen und wir fahren dann zu mir.«.

»Du fährst und ich lasse mich überraschen.« bemerkt ζ einsilbig.

Beate hat eine kleine Zweizimmerwohnung, ζ wird herausfinden wo.

»Ich möchte jetzt baden.« sagt ζ, kleidet sich aus und wirft so ganz nebenbei den Stapel Briefe von Beate und ihm, die ζ in Glücksburg eingesammelt hat, auf den Wohnzimmertisch und verschwindet im Bad.

ζ badet, rasiert und schert sich bis er nach einer Stunde wieder das kleine Badezimmer in Beates Bademantel verlässt und sich deutlich wohler fühlt.

»Ich muss Dir ein Geständnis machen Zeta«. Offenbar hat Beate die Papiere gesichtet.

»Du hast Dich neu verliebt und Du möchtest mich so schnell wie irgend geht wieder loswerden. Ich mache Dir daraus keinen Vorwurf, nur warum hast Du mich dann vorhin angesprochen? Ich mache mich sofort wieder auf den Weg.« unterbricht ζ.

»Sei nicht kindisch Zeta. Zur Eifersucht besteht keinerlei Grund. Ich liebe Dich.

Ich kann nicht *Schreiben*! Ich habe schreiben lassen, und da muss meine Adresse völlig missverstanden worden sein. Leider habe ich die Briefe von mir an Dich ungelesen im Vertrauen abgeschickt.«.

ζ hätte weit früher dahinter kommen können und müssen, dass Beate Agraphikerin ist, die Schreiben, angefangen im Glückstadt im Hotel bis zu dem umfangreichen Briefwechsel Glücksburg-Stocken / Stocken-Glücksburg, alle in kindhafter Blockschrift, weisen doch deutliche Unterschiede in der Schrift auf.

Wenn ζ etwas zarter besaitet wäre, müsste er jetzt in Ohnmacht fallen.

ζ fragt Beate nicht, wen sie hat schreiben lassen. In ζ keimen Mordgedanken. 'Im Moment nicht' obwohl er nicht ausschließen kann auch zum Mörder zu werden, Mordlust ist durchaus vorhanden.

'Bist du dämlich' denkt ζ und erweitert seine Lebenserfahrung.

Beate und ζ

ζ ist richtig schön müde, und nichts würde er nun lieber tun als an Beate gekuschelt schlafen, aber er ist auch irgendwie aufgedreht.

Stundenlang klönen Beate und ζ in dieser Nacht bei zwei Flaschen Rotwein.

ζ berichtet Beate in aller Ausführlichkeit über seinen Abenteuertrip:

Den entdeckten Minengürtel und deren Überwindung; die Auflösung ihres Ladens und ihrer Wohnung; die Übernachtungen im Freien; die Beobachtung der Versorgung von Juppstadt, ohne dass er Transporte von Menschen rein nach Juppstadt oder raus aus Juppstadt bemerken konnte; die Fotodokumentationen über drei Filme; den Rückweg aus Juppstadt; das sich Durchschlagen nach Glücksburg; das Warten in Glücksburg, wieder wochenlang nächtelang im Freien; die Suche nach Beates Anschrift; den umfangreichen Briefwechsel; die Reise nach Stocken; das Überleben in Stocken, inklusive der Diebstähle; die nochmalige Reise im geklauten Wagen nach Glücksburg und zurück nach Stocken; und so weiter, und so weiter!

Nur nebenbei berichtet ζ Beate über die Einzelheiten seiner eigentlichen Suche nach Gabriele, und schließt die Ausführungen mit dem Satz "Spannen lohnt nicht, reine Zeitvergeudung" ab.

»Die Reise war also umsonst Zeta?« fragt Beate.

»Mein Ziel Gabriele zu finden habe ich nicht erreicht und ich bin davon überzeugt, dass Gabriele nicht in Juppstadt ist.

Aber Lebenserfahrung habe ich reichlich sammeln können. Ich habe eine unglaubliche Härte entwickelt und etliche Hemmschwellen überwunden, etliche Hemm- schwellen?, ich korrigiere *alle* gesellschaftlichen Hemmschwellen überwunden! Diese verkommene Gesellschaft kann mich nun einfach am Arsch fassen.«

»Übertreibst Du nicht ein bisschen Zeta?« fragt Beate.

»Mitnichten, Du wirst es in ganz kurzer Zeit einsehen Beate!« sagt ζ,

»Was hast Du denn die letzten Wochen so getrieben? Beate«.

»Ich bin nach Stocken gefahren, habe diese möblierte Wohnung mieten können ohne Formalitäten 'bar-cash' würdest Du das nennen, und betreibe nun ein Antiquariat. Das heißt, ich kaufe Bücher auf, vorwiegend aus Nachlässen, zu einem Preis zwischen 0.20 und 1.00 und versuche diese Bücher auf Flohmärkten und an Sammler zwischen 1.00 und 10.00 zu verhökern. Das geht! Das geht ohne jede Papierscheiße, wie Du das nennen würdest. Staat ade, Steuer ade.«

ζ's neue Sprechweise 'Staatspissquatscherei' ist Beate noch nicht bekannt.

»Weißt Du, wie Du jemals nach Juppstadt gekommen bist?« fragt ζ.

»Nein, ähnlich wie Du, aber ich habe in Juppstadt mehr als drei Jahre gelebt?, bis es mir mit Deiner Hilfe möglich wurde auszubrechen. Und das bereue ich in keinster Weise.«.

»Du bist praktisch völlig schreibunkundig Beate? Wenn ich Dich richtig verstanden habe, Du als Bibliothekarin?« fragt ζ,

»Das verwundert mich doch sehr.«

»Mich verwundert das eigentlich auch, aber ich bin nun einmal Agraphikerin. Daran vermag ich nichts zu ändern.«.

»Wie hast Du Deinen Tätigkeiten als Bibliothekarin nachgehen können?« fragt ζ und will weiter lernen.

»Ganz einfach Zeta ich habe niemals Schreiben *müssen*!«.

»Nanu?«

»Ich habe immer jemanden gefunden, der für mich schreibt, darin wird man als Agraphikerin unglaublich geschickt. Niemand hat jemals etwas bemerkt. Mein großes Geheimnis!«.

»Du hast auch Deine Lehrer auf Deinen Schulen täuschen

94

können?« fragt ζ.

»Ja! Der Eine oder Andere mag einen Verdacht gehabt haben, aber die sind so naiv-blöd, dass sie niemals richtig dahinter gekommen sind. Ich habe einen weit überdurchschnittlichen staatlich dokumentierten Bildungsgrad erlangt. Du bist nun der einzige Mensch der davon weiß. Tritt mir nicht in meinen Hintern Zeta.«

»Niemals Beate, ich hab's schon wieder vergessen! Du bist und bleibst der einzige Mensch, der davon weiß.« und ζ wundert sich, dass ihn jemand als Menschen anerkennt.

Beate und ζ gehen im Morgengrauen ins Bett und schlafen aneinander gekuschelt sofort ein.

ζ wacht mit einem Ständer, den Beate schlafend umfasst hält, auf. Als Beate aufwacht nutzen sie ζ's Potenz einen halben Tag lang aus, und schlafen einen weiteren halben Tag lang.

ζ geht auf die Straße nach links, wie er es aus der Juppstadtzeit gewohnt war bis zur nächsten Kreuzung und stellt fest: Beate wohnt in der Gassenstraße. ζ sucht eine Telefonzelle, 'Pisszelle in einer ordentlichen Pissstadt, pissen in der Öffentlichkeit ist verboten und kann zu fünf Jahren Haftstrafe führen, keine Telefonbücher mehr' denkt ζ und will sich seinen fäkal-Sprachgebrauch wieder abgewöhnen. In der nächsten Telefonzelle sind die Bücher noch da und ζ findet die Postleitzahl zur Gassenstraße: 22481! Nun aber schnell zurück zu Beates Wohnung. Ein Briefkasten trägt den Namen
E. Kart-Hasse.

»Beate, Beate, das Schreiben überlässt du nun mir!« und er küsst sie zärtlich auf die Wange und kneift sie etwas fester in ihren Po, »ich weiß nun endlich wo Du wohnst:

E. Kart-Hasse
Gassenstraße 17 a
22481 Stocken«.

95

»Aua, das habe ich doch meinem Schreiberling angegeben!«.
'Ende der Debatte' denkt ζ, sonst muss er sich noch Leseschwä-
che vorwerfen lassen.

Beate und ζ gehen nun gemeinsam Beates fliegendem, antiqua-
rischem Buchhandel nach und ζ denkt darüber nach, wie es
weiter gehen kann. Es ist ganz bequem, keinem Steuerunsinn,
keinem Papierunsinn,
  keinem Verwaltungsunsinn,
   keinem Bankunsinn,
    keinem Krankenkassenunsinn,
     keinem Telefonunsinn,
      keinem Kraftfahrtsteuerunsinn,
       keinem Fernsehunsinn,
        keinem Bill-Gates-Schwachsinn
et cetera nachgehen zu müssen, aber das geht leider nicht belie-
big lange so weiter, ζ wird das immer klarer.
Doch die Zeit zur Umstellung ist noch nicht gekommen. Ein
Jahr können Beate und ζ noch so frei, wie sie jetzt leben, durchhalten.
Das tun sie auch, sie gehen ihren gar nicht so unergiebigen Geschäften nach, ζ hat sie noch etwas erweitert indem er Tonträger
mit ins Sortiment aufnimmt, und Beate und ζ machen sich
schöne Tage. Beates Kapital bleibt unangetastet, und ist in drei
Verstecken unter- gebracht. Hoffentlich hinreichend gut versteckt.
Gemeinsam kontrollieren sie diese Verstecke unregelmäßig,
niemand hat sie bislang entdeckt. Auch die Filme aus Juppstadt
sind irgendwo verstreut in der Stadt versteckt, wo, weiß nur ζ!
Beates und ζ's Tätigkeiten bestehen aus Arbeiten, Schmusen
mit Bumsen, gut Essen und Trinken, in der Sonne bei 'schönem'
Wetter faulenzen, gelegentlichen Kinobesuchen und was un-
bürgerliches Leben sonst noch zu bieten hat.
Ein richtig glückliches Jahr, ohne jede Staats- und

Gesellschafts-Konventionen.

'L.m.a.A.', denkt ζ gelegentlich und meint alle außer Beate.

Die einzige Verpflichtung ist die Miete für Beates Wohnung, die ζ Monat für Monat bar dem Hausbesitzer vorbeibringt und seine Quittung jedes Mal zerrissen in seinem Papierkorb hinterlässt.

Beate und ζ müssen sich nicht mit Betriebskostenabrechnungen, Schornsteinfegergebühren, Straßenfegerkostenabrechnungen, Bodenbenutzungsonderzulagenabgabenumlagen und ähnlichem Unsinn herumärgern.

Innerhalb dieses Jahres lässt ζ seine Filme aus? von? Juppstadt entwickeln. Es hat Tage gedauert, ein kleines Labor zu finden, das ζ gestatten wollte bei der Entwicklung anwesend zu sein. Aber auch das klappt gegen Bares mit einem kleinen Zuschlag.

Es sind tolle Aufnahmen geworden, weit besser als ζ erwartet hatte. Der Laborant war sein Geld wert.

ζ zeigt Beate die Vergrößerungen.

»Toll Zeta. Die Negative musst Du gut versteckt auf bewahren.«.

»Schon geschehen Beate.« ζ zeigt Beate in den nächsten Tagen unauffällig als spazieren gehendes Liebespaar die Deponien.

Eines Tages sagt ζ zu Beate: »Einer von uns muss in die Legalität, und sei es eine Scheinlegalität zurückkehren, Beate.«.

»*Ich* nicht! *Ich* unter keinen Umständen! Erklär Dich Zeta«. geifert Beate fast hysterisch, was sonst nicht ihre Art ist.

ζ merkt, er hat Beate den Abend verdorben, aber irgendwann musste das kommen.

ζ bleibt sachlich: »Das Problem ist unser Wagen.....«

»Dein Wagen!!« unterbricht Beate ζ abrupt.

»Unser Wagen, wir benutzen ihn doch gemeinsam. Die Zulassung läuft in ein paar Monaten aus. Wir werden auffällig mit einer abgelaufenen Zulassungsplakette.«

»Tu was Zeta, lass uns so weiter leben wie bisher! Zeta. Ich bitte Dich: TU WAS.«

»Das können wir nur mit höherem Risiko Beate, lass uns niemals in eine Verkehrskontrolle kommen.

Die Straße ist unser einziger Kontakt zu dieser Gesellschaft und diesem Staat, von denen wir uns beide, da sind wir uns doch völlig einig, so hintergangen fühlen.«.

Beate und ζ kommen überein, dass sie solange als irgend möglich in diesem Staat anonym bleiben wollen. ζ klaut Nummernschilder von anderen Wagen, schneidet sorgfältig die Zulassungsplakette aus und klebt sie über seine. Jemand muss schon sehr genau hinsehen, um das zu bemerken. 'Nur niemals in eine Verkehrskontrolle kommen mit diesem Lahmkrüppelbürgerfahrzeug Ford Sierra, denn nun stimmen die offiziellen? Papiere nicht mehr mit dem Fahrzeug überein.' brabbelt ζ vor sich hin und vernichtet die Kfz-Papiere. Sie sind nun wertlos, eher hinderlich. Sein Juppstadt-Führerschein muss genügen.

Im Gegensatz zu früher fährt ζ so unauffällig wie möglich. Immer schön alle Geschwindigkeitsbegrenzungen einhalten, niemals im Halteverbot parken, niemals über eine rot zeigende Ampel fahren, auch wenn er sich noch so blöd vorkommt zwei Minuten irgendwo zu stehen *nur* weil irgendein Rotlicht im Nicht-Rotlichtbezirk angezeigt wird.

Praktisch jeder Autofahrer gerät irgendwann in eine Verkehrskontrolle, auch wenn er nicht auffällig wurde. Dies passiert auch Beate und ζ eines Abends. Ein Staatshüter versucht ζ mit seiner albernen Kelle anzuhalten, 'Um mich aufzuhalten musst du schon ein Maschinengewehr in der Hand halten Scheißbulle' denkt ζ und gibt Vollgas in diesem etwas lahmen Fahrzeug. Bis die Beamten reagieren können ist ζ längst um drei Ecken verschwunden und lenkt den Wagen, wieder so unauffällig wie möglich in einen um diese Zeit verlassenen Firmenhof, der von

98

der Straße nicht einsehbar ist.

»War Dein Verhalten weise Zeta?« fragt Beate.

»Ich weiß es nicht, ich bin nur meinem Instinkt und einer Intuition gefolgt, viel Zeit zum Denken hatte ich nicht.

Ich weiß nur, das diese Leute einem ewig etwas anhängen wollen.«.

Beate und ζ schlendern auf die Straße als eng umschlungenes Liebespaar, das sie ja auch sind, da müssen sie noch nicht einmal schauspielern.

Polizeiwagen mit Blaulicht rasen die Gegend ab auf der Suche nach einem silbermetallicen Ford Sierra.

'HIHI' denkt ζ »Was meinst Du Beate haben die sich unser Kennzeichen merken können?«.

Beide kommen zu der Einschätzung "wohl kaum, unser Überraschungseffekt war zu groß! Sie erwarten niemanden der ihre alberne Haltekelle einfach ignoriert, sie erwarten Respekt".

Beate und ζ können aber nur noch sich gegenseitig Respekt zollen, Niemandem anderen gegenüber! So etwas wie alberne Herrscher- Arroganz, beachten sie nicht mehr, da sie keinerlei Herrschaft über sich akzeptieren wollen und können, ob sich nun ein Staat diktatorisch, demokratisch oder monarchistisch nennt, die Knebelungen der Bevölkerung gegen den Staat finanzierenden Bürger durch die Oberschicht sind immer die selben.

Sie schlendern herum, machen einen ausgedehnten unfreiwilligen dennoch erquickenden Spaziergang und gehen nach einer Stunde zum Ort der Straßenkontrolle zurück. Die Straßenkontrolle ist aufgehoben, Beate und ζ kehren zu ihrem Fahrzeug zurück. ζ fälscht mit seinem Filzer mal wieder die Nummernschilder, und sie riskieren es mit ihrem Wagen nach hause zu fahren.

ζ tauscht noch in dieser Nacht wieder seine Nummernschilder. Er klaut Schilder, präpariert sie und tauscht Nummernschilder, ζ betreibt hier ein Verwirrspiel in dem der Scheißstaat in seiner

99

unglaublichen Trägheit immer hinterherhinken muss. ζ wird immer geschickter in dieser Art Tätigkeiten, reine Routine. ζ macht das richtig Spaß.

Beate und ζ kommen stillschweigend überein, dass sie so weiterleben wollen wie bisher. Ohne jeden staatlichen Zwang.
Beate will nun einen Zwei-Personen-Staat gründen den sie B.-ζ. Kaiserreich nennt mit Ehrenbürger(in) Gabriele, darauf besteht ζ.
Beate wird Kaiserin von ζ's Gnaden und sie, die Kaiserin, ernennt ζ zu ihrem Kaisergemahl mit allen Vollmachten.
ζ spielt das Spiel eine zeitlang mit.
Was haben Beate und ζ den Abend über gelacht, als ζ anfing Dokumente zu fertigen:
Ausweise, Pässe, Führerscheine, et cetera, bis hin zur Beitrittserklärung zur UNO an die UNO.
»Nun hat der Spaß ein Ende Beate. Wir wollen ohne jeden staatlichen Zwang leben, und nun willst Du einen eigenen Staat gründen, das ist eine Antinomie.«.
Beate nimmt Lexika zur Hand und mault:
»Du hast recht Zeta. Aber mein Staat soll keine Gesetze erhalten.«.
»Damit formulierst Du, liebe Beate, schon die nächste Antinomie. Gesetz in Deinem Staat ist: keine Gesetze zu haben, ist Antinomie!«.
Beate muffelt ein wenig.
»Wir sind Anarchisten Beate. Was habe ich gerade vor ein paar Tagen so gelacht Beate, als ich gelesen habe, dass in diesem Staat eine anarchistische Partei, die sich zur Wahl stellen will, gegründet wurde. Antinomie!«.

Eines Abends *muss* ζ zum zweiten Mal Beate einen Abend verderben.

»Beate, es gibt in unserer Lebensweise einen Engpass, dieses Wort stammt von Mewes, und trifft auf uns zu. Unser Engpass ist unser Wagen.« sagt ζ.

»Dein Wagen!«.

»Unser Wagen!«

»Dein Wagen!«.

»Nicht mein Wagen!, heiße ich 'Willibald Balthasar'?, ich warne Dich Beate, nenne mich niemals so.« und ζ kneift Beate wieder einmal liebevoll in ihren Po.

»Mein Name ist 'Hase Peter', eventuell 'Peter Hase', wie wir bei unserem ersten Suchtrip herausgefunden haben. Du nennst mich bitte Zeta wie bislang, Kaiserin von Zeta's Gnaden, meine ehrwürdige Kaiserin.«

Beate grinst und fängt an einen Lachkrampf zu bekommen, den ζ durch leichtes Rückenklopfen unterbrechen kann.

»Du bist wirklich umwerfend komisch Zeta, vermutlich liebe ich Dich deswegen so.« sagt Beate als sie wieder zu Atem kommt.

ζ will sich aber noch mit Beate ernsthaft unterhalten und nimmt das begonnene Gespräch wieder auf:

»Sorgen macht mir unsere Beweglichkeit Beate. Wir brauchen ein Fahrzeug. Mit dem albernen Ford Sierra können wir nicht mehr all zulange herumfahren.«

»TU WAS Zeta.« will Beate das Gespräch beenden.

Lange Zeit hat ζ in Erwägung gezogen, dass zumindest einer des Teams, Beate oder ζ wieder in eine Scheinlegalität zurückkehrt, sprich einen gefälschten Ausweis im Redlightdestrict erwirbt.

ζ nimmt die Diskussion wieder auf und er formuliert seinen Gedanken.

»*Für mich: niemals*!« sagt Beate und betont »NIEMALS, komme was wolle! Zeta.«.

»*Für mich: niemals*!« sagt ζ.

101

»TU WAS Zeta!.« beendet Beate etwas ungehalten das Gespräch.

NIEMALS WIEDER ZURÜCK IN DIE "LEGALITÄT" ist die Devise!

ζ tut was.

Es muss doch verdammt noch mal möglich sein, einen BMW 325i mit gefälschten Papieren zu erwerben.

Dieses erweist sich als unglaublich leicht.

Schon nach dreitägiger Suche, Beate muss die Geschäfte in dieser Zeit allein führen, was sie kann, findet ζ einen Wagen unter seinen Bedingungen. Einen sieben Jahre alten BMW 320i mit neuer Zulassung auf beliebigen Namen und nur einhundertfünfzigtausend auf dem Tacho.

Der ganze Spaß soll fünfzehntausend kosten.

ζ bespricht sich mit Beate.

»Das machen wir Zeta« und händigt ihm fünfzehntausend aus.

ζ denkt: 'Was hast Du an Schwarzgeldern liegen Beate?' 'Du musst noch nicht einmal deine Reserven angreifen'.

Gesagt getan, ζ erwirbt den Wagen mit Zulassung auf den Namen 'Willibald Balthasar' in Juppsdtadt, Tigerstraße 36 passend zu seinem Ausweis und fühlt sich wieder sicherer gegen Staatszugriffe auf der Straße.

Beate und ζ entsorgen den Ford. ζ fährt den Ford, endlich wird er ihn los, Beate folgt ihm im BMW.

Irgendwo in zweihundert Kilometern Entfernung, stellen sie ihn einfach auf einem Parkplatz ab und ζ demontiert die Nummernschilder.

Vier Monate später lädt ζ Beate zu einer kleinen Spritztour ein.

»Wetten, dass der Ford noch da steht, wo wir ihn abgestellt haben.« bietet ζ an.

»Das möchte ich mir ansehen Zeta« sagt Beate, und sie fahren zu diesem Parkplatz hin. ζ hat recht, der Ford steht immer noch auf dem Parkplatz, alle Scheiben sind zugepflastert mit amtlichen Schreiben:

"Der Besitzer dieses Fahrzeuges wird aufgefordert, binnen drei Wochen den Wagen zu entfernen. Bei Zuwiderhandlung wird dem Besitzer, Ersatzweise dem Halter, eine Haftstrafe von 15 Jahren angedroht.

Gemäß nach § 'Hasenscheiße'".

Beate kann vor Lachen nicht mehr sprechen, der Pissstaat droht sich selber 15 Jahre Haft an; nun aber ab in den Knast, wo du hingehörst Staat.

»Der Ausflug war's wert?« bemerkt ζ.

»Der Ausflug war's wirklich wert Zeta, danke Zeta.« sagt Beate.

Auf dem Rückweg nach Stocken sagt ζ zu Beate:

»Wir sollten vorsichtiger sein.«

»Wie meinst Du das, Du sprichst doch sonst nicht in Rätseln. Du als Splatterpunker!«

»Ich meine, Du könntest schwanger werden, und damit würden weitere Probleme entstehen.«

Beate atmet hörbar tief durch und holt aus:

»Du meinst, wir sollten nicht mehr bumsen, Du als Splatterpunker sprichst doch sonst aus was Du denkst, und gerade Du bist es doch der niemals etwas umschreibt, sondern alles bei seinem Namen nennt ohne verbrämte Umschreibungen. Oder meinst Du, Bumsen ja, aber nur mit Pariser. Das kannst Du Dir abschminken Zeta. Kondome sind Sonderausgaben und wir können sie nicht geltend machen. Wir zahlen nun einmal keine Steuern, und das bleibt dabei. Ganz davon abgesehen, möchte ich ein Kind von Dir, ich wundere mich wieso Du das noch nicht geschafft hast. Gib Dir mal etwas mehr Mühe, sonst ist bumsen nur noch zu Zeiten meines Eisprungs möglich. Mein Kaiserreich soll bestehen bleiben, und ich hätte nicht übel Lust Dich einfach zu feuern, in meinem Reich gibt es kein Scheidungsrecht, kann es auch nicht geben, da es in meinem Kaiserreich kein Eherecht gibt, aus Schluss und vorbei.«

103

ζ holt ähnlich weit aus wie Beate und erwidert:

»In Sachen Logik bist Du besser geworden, meine Schulung?. Wo es kein Eherecht gibt, kann es auch kein Scheidungsrecht geben.

Du irrst Beate, wir haben reichlich Steuern bezahlt und zahlen reichlich Steuern. Auf allem was wir gekauft haben, kaufen und kaufen werden,« ζ korrigiert sich, »müssen, Steuern abgeführt werden. Wir finanzieren die Straßen, die wir benutzen mit unglaublichen Steuersätzen beim Kauf von Benzin. Was dieser Staat mit den vereinnahmten zweckentfremdeten Steuereinnahmen tut, weiß ich sehr genau: Aufblähung des Verwaltungsapparates bis hin zum Schwachsinn, aber in aller erster Linie benutzt der Staat Deine Zwangsabgaben, Steuern genannt, gegen Dich, um Dich mit Deinen aufgebrachten Mitteln immer weiter zu unterdrücken.

Das ist

MACHT!

Beate.

Dieses Spiel geht soweit, dass Du *die* Waffen, mit denen Du ermordet wirst, selbst bezahlt hast!

Heutzutage hat dieses Spiel noch eine weitere, noch weit schärfere Komponente erhalten. Richtig intelligente Leute, wie George Orwell und ich, haben längst eine totale geistige physische und physiologische Überwachung des Bürgers durch die Leute, die die Macht haben, vorausgesehen. Gegen den Bürger, der diese Einrichtungen bezahlt. Orwell 1984 ist längst vor 1984 Realität geworden.«

»Übertreibst Du nicht mal wieder ein bisschen Zeta?«

»Ganz im Gegenteil Beate, was glaubst Du wie viele Aufnahmen Tag für Tag von Dir gemacht werden, ich behaupte: Tausende.«

»Nun übertreibst Du aber gewaltig Zeta!?«

»Mitnichten. Gehe in eine Bank Beate, betrete einen U-Bahnhof, betrete einen Flughafen, betrete ein Kaufhaus, betrete eine Kreuzung et cetera, es entstehen Hunderte von Bildern von Dir.

Jedes Telefongespräch, das heute geführt wird, wird abgehört!

Wir beide entziehen uns dieser Macht, da wir bewusst und gewollt dieses Spiel nicht mitspielen wollen, Du eher aus emotionellen Gründen, ich eher aus rationellen Gründen.

Wir beide Beate, da wir nicht offiziell sondern illegal sind, rutschen durch die Raster, weil es von uns keine Vergleichsmuster gibt.«

»Übertreibst Du nicht jetzt nicht stark Zeta?«.

ζ setzt nach:

»Mitnichten Beate. Gebe heutzutage niemals irgendetwas über Dich preis. Wenn Dich irgendjemand fragt, wer auch immer, wie Du heißt, lüge oder besser tritt ihm in die Eier; wenn Dich irgendjemand fragt wo Du wohnst, lüge oder besser ramme ihm ein Messer in die Kehle.

Beachte liebe Beate, alles was Du von Dir gibst wir *ausschließlich gegen* Dich verwendet. Damit Du manipulierbar wirst. Diese geistige Manipulation als Instrument der Macht hat ein unglaubliches Maß angenommen.

Schlage ohne jede Vorwarnung zu, nutze den Überraschungseffekt für Dich, und du wirst Erfolg haben.

Was heutzutage in einer selbsternannten Demokratie läuft ist Diktatur.

An Wahlergebnissen interessiert mich einzig und allein die Quote der Stimmenthaltungen!, die doch ganz beachtlich ist und weiter wächst.«.

»Du bist schon wieder sturz betrunken Zeta.«.

»In der Tat Beate, aber nicht wie Du glaubst. Mein Alkoholspiegel ist der, den Du erreichst, wenn Du drei Orangen isst.

Pass auf Beate, ich rechne Dir mal was vor: Die letzte Wahl in diesem Land hat ein amtlich bestätigtes Wahlergebnis 'eingespielt':

Danach ist der Landeschef von ganzen 16.2 % der Bevölkerung

gewählt worden. Legitimiert?«.

»Von mir doch nicht.« sagt Beate ungehalten.

»Volksabstimmungen sind noch dramatischer. Mit schöner Regelmäßigkeit erscheinen zu so einer Veranstaltung à la Schweiz eventuell 15 % der wahlberechtigten Bürger. Häufig mit einen Abstimmungsergebnis: 55 % Ja, 45 % Nein. Und nun rechne mal schön los mit welcher Bevölkerungsmehrheit alle Bürger betreffende Gesetze verabschiedet werden. 8.75 % ist 'Milchmädchenrechnung', 1.5 % als Differenz Ja/Nein ist 'Milchmädchenrechnung', es sind ganze 1 %! Legitimiert?«.

»Von mir doch nicht.« sagt Beate ungehaltener als vor drei Minuten.

»Worin ist der geistige Unterschied zwischen Stalin- Hitler- Mao- Johnson- Nixon- Bush- Pol Pot- IdiAmin- Kohl- Honneckernecker und wie die Spinner alle heißen zu finden? Sie benutzen allesamt deine Gelder für ihre Machtgelüste und fast ausschließlich gegen Dich! Ich hatte einmal eine äußerst sympathische Lehrerin Beate, ihren Namen weiß ich leider nicht mehr, da irgendwie mein Namengedächtnis manipuliert wurde, die diesen Sachverhalt so ausdrückt: "Man muss den Kaukau, durch den man gezogen wird, nicht auch noch trinken".«.

ζ ist sich ganz sicher, dass seine Lehrerin 'Kaukau', genau so schreibt wie er.

»Ich hätte gar nicht gedacht Zeta, dass Du Intellektueller bist.«.

ζ übergeht diese Bemerkung und fährt in seinen Ausführungen bei der Straßenfahrerei fort:

»Wenn die Situation unerträglich wird, wird sich manchmal zu einer Revolution aufgerafft, um dann dieselben Herrschaftsstrukturen unter einem anderen Namen fortzusetzen. Lese Jean Paul Sartres

"Im Räderwerk",

sehr empfehlenswert!

106

Wir beide Beate,« wiederholt ζ »entziehen uns dieser Macht, da wir bewusst und gewollt dieses Spiel nicht mitspielen wollen, Du eher aus emotionellen Gründen, ich eher aus rationellen Gründen. Ich habe Machiavelli begriffen.«

Es folgt Schweigen, minutenlanges Schweigen bis ζ kurz vor Erreichen von Stocken sagt:

»Es bleibt doch bei unseren Abmachungen, wir bleiben Anarchisten, *wollen* diese Welt nicht verändern, und schlagen uns durch gegen den Staatsunsinn, so gut wir das können? Es wird uns gelingen Beate! Uns interessiert doch wirklich nicht, ob wir unsinnige illegitime Gesetze brechen, wir leben nach unser Moral.«

»Selbstverständlich Zeta, genau so werden wir uns verhalten. Illegitime Gesetze? Ist das nicht Antinomie?«.

»Mitnichten, Beate, denk einmal darüber nach, ob jeder Art Gesetze verabschiedet und somit Recht werden können, Nein. Sind diese Gesetze legal oder illegal? Sie sind illegal und illegitim in dem Moment wenn sie im Widerspruch zu anderen Gesetzen stehen, sei es auch zu moralischen. Wir können ja mal ein Spielchen treiben: Suche mir irgendein Gesetz in diesem Land aus unserer umfangreichen Literatur heraus, und ich werde Dir ein Gesetz angeben, in dem genau das Gegenteil formuliert wurde.«.

Ein paar Tage später lösen Beate und ζ die Deponien auf, irgendwie scheinen sie keinen Sinn mehr zu machen. Die Frage ist nur, wohin mit Beates Reserve, ein Nummernkonto in der Schweiz wie Beate vorschlägt, verwirft ζ sofort.

»Jetzt übertreibst *Du* aber Beate, erstens ist der Betrag nicht so groß, dass das viel Sinn macht, und zweitens werden dort doch nur Schwarzgelder deponiert. Ich vermute die Banken in der Schweiz bestehen bei der Einrichtung eines Nummernkontos auf dem Nachweis, dass es sich um Schwarzgeld handelt, den wirst Du doch nicht führen können. Deine Reserve ist doch von

107

Dir redlich verdient, oder?

Irgendwann Beate, werde ich auch noch dahinter kommen wie man Schwarzgeld erwirtschaftet.«.

»Tun wir das nicht Zeta?«.

»Wir doch nicht Beate, wir können, in Klammern *'leider'*, gar keine Steuern hinterziehen, da wir gar keine Steuernummer haben und auch gar keine Steuernummer beantragen können! Logik Beate!

Politiker ja, Banker ja, Versicherungen ja, Ärzte ja, andere ja, aber wir doch nicht!«.

Beate und ζ suchen in der Wohnung geeignete Verstecke und entscheiden sich wieder für drei unterschiedliche Arten, die Keksdose in der Küche lassen sie aus. Alle drei Verstecke sind nur mit Werkzeugen zu öffnen, Einbrecher auch Staats- kriminelle, müssen sich zur Auffindung schon Mühe geben um die Deponien zu finden.

ζ setzt weiter auf die Strategie: wer eine findet wird wohl kaum weitersuchen.

Eines Nachts, als ζ grad gemäß Hannes Wader gerade an nichts Böses dachte, wird er unsanft von Beate aus seinem Schlaf gerissen.

»Das halte ich nicht mehr aus Zeta!«.

»Was habe ich denn nun schon wieder angestellt Beate, ich hab doch nur geschlafen.«.

»Du sprichst seit etlichen Nächten im Schlaf, und was Du sprichst gefällt mir gar nicht. Du schläfst jetzt im anderen Zimmer!«.

»Helfe mir doch mal Beate, was spreche ich im Schlaf, meine Träume erreichen kaum jemals mein Bewusstsein.«.

»Du sprichst Sätze wie:

'Komm Beate, setz Dich zu uns.',

'Komm Beate, leg Dich zu uns.',

'Beate wir warten, dass Du zum Essen kommst' ....

Ich bin nicht Deine Nebenfrau, Konkubine oder Kurtisane!«.

»Es scheint tatsächlich so zu sein, ich kann meine Frau wohl nur schwer vergessen. Sei versichert Beate, meine Empfindung für Dich kann ich von der Empfindung gegen meine Frau nicht unterscheiden. Ich liebe euch beide, und könnte ohne weiteres zum Bigamisten werden.«.

»Du schläfst solange im anderen Zimmer, bis Du im Schlaf nicht mehr sprichst, Du hast doch bislang im Schlaf nicht vor dich hin gebrabbelt.«.

ζ gelingt es zunächst nicht Beate zu schwängern, da kann er sich noch solange und oft Mühe geben. 'Ist er oder Beate unfruchtbar?' denkt er.

ζ besorgt sich ein Mikroskop und wichst sich einen.

»Was treibst Du denn da Zeta?« fragt Beate ganz erstaunt.

»Ich hole mir einen runter Beate!«.

»Spinnst Du Zeta? Was soll das?«.

»Das zeig ich Dir gleich Beate, das wird sicherlich interessant.«.

ζ bringt sein frisches Sperma auf einen Glasträger und betrachtet sein Produkt unter dem Mikroskop. Er entdeckt richtiges quick- lebendiges Leben in seinem Ejakulat und zeigt das Beate.

»Sieht echt toll und lebhaft aus Zeta, wie Kaulquappen flitzen die Biester da hin und her.«.

»Eventuell liegt das Problem bei Dir Beate, ich habe da so einen Verdacht. Hat man Dir Deine Eierstöcke entfernt, bevor Du nach Juppstadt verfrachtest, oder soll ich verbannt sagen, wurdest? Lass uns das doch kontrollieren. Sofort!«.

»Ja ja, immer soll es an uns Frauen liegen.« mault Beate.

ζ und Beate untersuchen den in Frage kommenden Bereich bei Beate auf Operationsnarben, keiner von beiden weiß genau wo zu suchen ist, aber sie werden schon etwas finden, wenn etwas zu finden ist. Sie finden nichts.

109

»Geh zu einem Gynäkologen Beate, und lass Dich kurz untersuchen.«.

»Wir sind doch in keiner Krankenkasse.«

»Na und, für einen Arzt sind Privatpatienten die besseren, weil lukrativeren Patienten. Suche Dir einen Arzt, melde dich telefonisch an, stelle dich als Gräfin von Kotz vor, sei versichert Beate, er wird nur Gräfin verstehen und wird nur Allzu gern eine Gräfin in seiner Patientenkartei aufnehmen, seine Eitelkeit und Dummheit wird nichts anders zulassen, dann gehst Du hin und lässt Dich untersuchen, mit dem ausdrücklichen Hinweis, dass das alles ganz anonym erfolgen soll, lasse Dir den Befund sagen, zahle zwei- drittel seiner Honorarforderung, lasse demonstrativ die Quittung liegen oder zerreiße sie mit der Frage nach einem Papierkorb, bedanke Dich formvollendet mit ausdrucksloser Miene, und lach erst, nachdem Du die Praxis verlassen hast.

Vergiss nicht einen *völlig grotesken Hut* zu tragen, ich würde einen mit Schleier vorschlagen, das steigert Deine Glaubwürdigkeit enorm!«.

»Übertreibst Du nicht mal wieder richtig Zeta?«.

»Sei versichert Beate, Du hast nun ein Delikt geschaffen. Dein Arzt wird Dein Geld in seine schwarze Tasche stecken, deine Patientenkarte aus der offiziellen Kartei entfernen, bekloppt wie der ist, wird er sie nicht vernichten. Und sei versichert Beate, er wird niemals der Steuerhinterziehung beschuldigt werden. Du wirst aber der Anstiftung zur Steuerhinterziehung beschuldigt werden wenn so etwas auffliegt. Ich kann Dir den §-en im Strafgesetz raussuchen, die Nummer hab ich wirklich nicht im Kopf. Mein Zählvermögen endet bei zweihundertachtunddreißig.« möglicher Stellungen denkt ζ, macht aber keine Bemerkung.

»Übertreibst Du nicht mal wieder richtig Zeta?«.

»Diesen Satz von Dir Beate, den Du laufend wiederholst, kann ich nicht mehr hören.

110

Ich *untertreibe* stark! Lese mal für mal Urteil für Urteil in diesem, für uns nicht akzeptablen Staat. Deswegen sind wir doch Anarchisten In diesem Staat geworden. Du wirst Dich wundern was hier als Recht angesehen wird entgegen jeden in Gesetzen formulierten Rechtes. Wir handeln gemäß unserer eigenen Vorstellungen, unsere Moral ist weit höher als die von Staaten, wir führen keine Kriege, wir morden nicht, wir betrügen nicht, wir stehlen nur im Notfall et cetera.«.

Beate möchte ein Telefon haben.
»Was willst Du mit einem Telefon anfangen, Beate?«.
»Telefonieren, ein solcher Trottel kannst noch nicht einmal Du sein, dass Du das nicht begreifst.«
»Doch, das kann ich, damit habe ich keinerlei Schwierigkeiten. Aber mit wem willst Du telefonieren, und wie viele Gespräche führst Du in einem Monat?«.
»Na so fünf denke ich mal.«.
»Du tätigst fünf Telefonate im Monat, da bin ich besser? als Du, Du erwartest aber keinen Anruf weil Dich hier keiner kennt. Und dafür willst Du so einen Aufwand treiben?«.
»Es ist halt bequemer von zu Hause aus das zu erledigen als jedes Mal zur Telefonzelle an der nächsten Ecke zu latschen. Eventuell können wir unsere Geschäftstätigkeiten ausweiten.«.
»Seit wann latscht Du liebe Beate, Dein Gang ist doch aufrecht graziös, der einer Kaiserin würdig. Du solltest nicht unbedingt meinen nun verrohten Sprachgebrauch übernehmen, auch wenn ich ihn für mich angemessen halte. Mein Gegenargument ist schlicht und einfach: wir eröffnen diesem Staat eine weitere Möglichkeit uns als Nichtbürger dieses Staates zu enttarnen. Das wollen wir doch nicht!
'Niemals nach Juppstadt zurück!' lautet unsere Devise, das heißt: wir dürfen nicht erkannt werden. Das wird auf die Dauer schwer genug werden.«.

»Du meinst, unser Risiko steigt...« ζ unterbricht Beates Satz was er nur ungern tut, drastisch, an dieser Stelle und sagt: »enorm!«.

»Wie kommst Du zu dieser Einschätzung Zeta, erkläre mir das! Wenn ich ein Telefon anmelde, was ich etliche male getan habe, wurden von mir niemals Personalpapiere verlangt, wie woanders, wie bei der Einrichtung eines Girokontos, eines Sparbuches oder eines Schließfaches bei einer Bank.«

»Richtig, Du wirst aber registriert Beate, und der Staat kennt dann Deinen Anschluss, er weiß sehr genau wo sich der Telefonanschluss befindet. Heutzutage bin ich mir wirklich nicht sicher ob automatisch Deine Identität bei der Telefonanmeldung geprüft wird. Im Gegensatz von vor wenigen Jahren ist das automatisch ohne weiteres möglich, und spätestens wenn Du irgendwie auffällig wirst bei Lauschangriffen gegen Dich bist Du sofort auffindbar. Mir scheint das Risiko recht hoch zu sein. Du wirst heute überall überwacht. Die zusammengetragenen Daten ergeben ein vollständiges Bild von Dir und Deiner Persönlichkeit. Im Gegensatz zu früher können die Daten über Dich zusammengetragen werden, und was möglich ist, wird auch getan, da lässt der Mensch nichts aus.

Selbst bei nuklearen Waffen hört sein Wahn nicht auf. Was will der Mensch nur mit einem tausendfachen nuklearen Overkill, der Mensch hat Angst vor sich selbst, vielleicht hat er allen Grund dazu!«.

Beate entscheidet, dass sie das Risiko Telefon vorerst nicht eingehen will.

Eines Tages besucht Beate einen Gynäkologen. Als sie nach hause zurückkommt berichtet sie:

»Hat prima geklappt Zeta. Ich bin voll gebärfähig nach seiner Meinung. Aber die zwei-drittel-Zahlung habe ich mich nicht getraut, zumal er mir aus seinen Beständen reichlich dieser Pillen mit gegeben hat, die irgendwie schwangerschaftsfördernd

112

wirken sollen.«

Mit 'er' meint Beate den Arzt.

ζ interessiert sich auf dem Beipackzettel lediglich für die Rubrik 'Nebenwirkungen'. Er findet aber nichts Ernstzunehmendes. Keine Hirnschädigungen, keine Leber- oder Nierenschädigungen, keine Herzschädigungen sind aufgeführt, lediglich kann eine leichte Übelkeit auftreten, wird auf dem Beipackzettel behauptet. "Das verursacht doch jedes Medikament bin hin zu Placebos, sind doch gerade Placebos die wirksamsten Medikamente", denkt ζ.

Beate und ζ praktizieren weiterhin die einfache, natürliche, klassische Methode zur Zeugung eines Kindes, Beate schluckt brav ihre Pillen. Nach einem halben Jahr intensiver Übung scheint es geklappt zu haben. Beates Regel bleibt aus.

Sie besorgt sich einen Schwangerschaftstestpaket, führt den Test aus und das Ergebnis lautet: positiv.

»Wollen wir doch mal sehen, was nun alles auf uns zu kommt geliebte Kaiserin Beate.« sagt ζ neckend.

»Unser Leben kann doch nur besser werden.«.

»Besser sicherlich, aber reichlich komplizierter! So etwas nennt man doch 'Das kann ja heiter werden' in dieser Gegend.« entgegnet ζ.

Beates Schwangerschaft verläuft wie ζ das verstehen kann völlig normal. Gelegentliche Übelkeiten, gelegentlicher Heißhunger auf eingelegte Gurken oder Gummibärchen, die ζ selbstredend auch nachts zu besorgen weiß, begleiten den natürlichen Vorgang.

ζ weiß nicht ob Beate noch einmal bei irgendeinem Gynäkologen war, er weiß nur, dass *der* Hut noch existiert.

Beate zieht sich immer weiter aus den Geschäften zurück, ζ treibt ohne jede Kenntnis den Buchhandel weiter und geht anderen Schwarztätigkeiten nach, manchmal gibt er Nachhilfeunterricht in Logik, oder kleine EDV-Jobs oder ähnliches; was sich gerade so ergibt.

113

Rechtzeitig zur Geburt engagiert ζ eine verschwiegene weil 'illegal gewordene' Hebamme um zu helfen ein 'illegales' Kind in die Welt zu setzen. ζ kocht nur Wasser bei diesem Vorgang, der nach ζ's Einschätzung ohne Komplikationen verläuft. Im Zweifel hätte ζ Beate sofort in die nächste Klinik gebracht. Er hätte sie da mit dem Kind schon wieder rausgeholt, ohne jede Bezahlung und ohne jeden Papierquatsch wie er das nennt. ζ ist in solcher Art Bluffen und Rumtricksen nun wirklich Profi geworden.

Beate gebärt einen Sohn, Beate will ihn Anarchie nennen, ζ bremst ab und die Eltern einigen sich auf den Namen 'Prinz' (der Kaiserin von ζ's Gnaden) und lachen wieder mal herzlich, er, Beates Prinz, wird es noch schwer genug haben in dieser Welt mit Eltern als orthodoxe Anarchisten.

Beate ist nun zwei Jahre lang ganz Hausfrau und Mutter, ζ schlägt seine Familie durch.

Beate langweilt sich, so dass die illegale Familie, nun zu dritt, den Geschäften wieder gemeinsam nachgehen.

Das Leben geht weiter.

ζ's Hobby wird das Lesen von Gesetzestexten. Er braucht ein halbes Jahr um sich durch die Verfassung des Staates, in dem er (ungern) lebt, zu kämpfen, und bemerkt eines abends zu Beate:

»So illegal, wie wir angenommen haben, leben wir gar nicht Beate! Die Verfassung dieses Landes als aller oberste Recht /Pflicht Vereinbarung Bürger/Staat formuliert fast keine Pflichten des Bürgers gegen den Staat, praktisch nur Rechte des Bürgers.

Es wird nicht definiert, wer wann Mitglied dieses Staates wird, Bürger dieses Landes ist, gemäß der Verfassung dieses Landes, wer die Staatsangehörigkeit hat!«.

Lachsalven erschüttern das Haus ausgelöst von Beate und ζ.

»Prinz *nicht*! Die Verfassung schreibt keine Anmeldepflicht für geborene Kinder vor! Offenbar *kann* man sein Kind zur Staats-

114

zugehörigkeit anmelden, eine Pflicht besteht gemäß der Verfassung nicht. Eventuell hat Prinz ein Recht auf Staatszugehörigkeit, das ist nirgendwo in der Verfassung definiert. Der Staat hat aber nach der Verfassung keinerlei recht auf Prinz, und damit unterliegt Prinz auch nicht einer Schul- und schon gar nicht einer, Wehrpflicht!«.

ζ bleibt innerlich Pazifist.

Als das Haus wieder ruhig steht bemerkt ζ:

»Die Verfassung dieses Landes definiert fast nur Rechte des Bürgers fast ohne Verweise auf andere Gesetze.

Beachte aber Beate, es gibt eine Wehrpflicht! Diese Pflicht kann unseren Prinz nicht betreffen, da er nicht Bürger dieses Staates ist. Eine Schulpflicht ist in der Verfassung nicht auffindbar!«.

Wieder wird das Haus von Lachsalven erschüttert.

»Wir machen uns allenfalls kleinen Ordnungswidrigkeiten schuldig Beate.«.

ζ liest weiterhin Rechtstexte und wird immer gelassener. Strafbar werden Beate und er eigentlich nicht. Aber seine Wachsamkeit lässt keinen Augenblick nach. Es bleibt bei dem völlig verdecktem Leben in/gegen den Staat:

'Niemals nach Juppstadt zurück!'.

Die nächsten Jahre verbringen Beate und ζ unauffällig, fast schon spießbürgerlich um nicht aufzufallen.

Prinz wird gehütet, behütet und erzogen.

Alle zwei Jahre sind die Schwierigkeiten mit dem Auto zu überwinden. ζ hat mittlerweile einen gefälschten Führer- schein günstig abgestaubt und den Kraftfahrzeugschein auf diesem Namen laufen. Mit diesen Papieren hat er schon zweimal ohne jede Beanstandung eine Verkehrskontrolle überstanden. Die Juppstadtpapiere sind wie die Filme weiterhin versteckt.

Als Prinz vier Jahre alt wurde, verbringt er den halben Tag im Kindergarten, Beate und ζ wollen ihn nicht vollständig von anderen Kindern isolieren. Er soll wirklich nicht Einzelgänger

115

werden, nur weil seine Eltern ausgegrenzt und dann zu überzeugten Anarchisten geworden sind.

Prinz wird auch Mitglied eines Sportvereins, Fußball ist nun mal seine Leidenschaft. ζ schärft ihm aber ein, dass er, wenn er gefragt wird auf welche Schule er geht, 'eine "Privatschule" sagen soll und sich niemals verplappern darf.

Beate und ζ werden seine Einzellehrer. In sechs Jahren werden sie Prinz sicherlich ihr gesamtes umfangreiches Wissen vermittelt haben.

Experten

ζ fängt an zu recherchieren. Er erzählt Beate nicht viel von seinen Tätigkeiten, er will sie nicht belasten und er weiß, dass sie den Lebensabschnitt 'Juppstadt' abgeschlossen hat und ihn so gut sie irgend kann auch vergessen und verdrängen *will*.
ζ hat andere Intentionen. Er wird die Suche nach seiner Frau wohl nie ganz aufgeben, es sei denn er hat nichts mehr zu suchen, und er will herausfinden, was Juppstadt ist und zu welchen Zweck es betrieben wird und wer dahinter steht und steckt und wie es finanziert wird. Wenn er dahinter kommt, könnte das ein ausgewachsener Skandal werden, und es könnte ein bisschen Geld in die Kasse von Beate und ζ fließen, da ist ζ ganz eigennützig. Etwas Weitsicht muss er auch für seinen Sohn aufbringen der irgendwann ins Leben und Berufsleben muss. ζ will ihm nicht unbedingt zumuten sein ganzes Leben als Schwarzarbeiter zu verbringen. Doch bis zum Eintritt ins Erwachsenendasein von Prinz sind ja noch etliche Jahre Zeit.

ζ sucht eine Einmann Detektei und findet einen Typen der sich Hans.-P. Koschick nennt, sich schrecklich wichtig vorkommt und offenbar nicht an einem Minderwertigkeitskomplex leidet; oder doch? wegen seines Gehabes fragt ζ sich.
Wenigstens macht der Detektiv keinen unintelligenten Eindruck auf ζ und ζ verabredet sich mit ihm. Er lässt den Wagen zu hause und fährt zu ihm mit der U-Bahn. ζ stellt sich als Willibald Balthasar vor, das glaubt der Detektiv ihm nie, ζ wird auch nicht ganz ehrlich zu ihm sein, und ihm nur Bruchstücke der ganzen Geschichte auftischen.
»Guten Tag Herr Koschick, ich brauche Ihren Rat.« sagt ζ.
»Ich begrüße Sie Herr Balthasar, was kann ich für Sie tun? Kommen Sie bitte mit, wir setzen uns in mein Büro.«.
'Na wenigstens sieht das hier nicht aus wie bei den Detectivs in den albernen amerikanischen Filmen.

117

Alles ist sauber und aufgeräumt' denkt ζ 'Auch praktiziert er nicht die Unart seine Füße auf dem Schreibtisch direkt vor dem Gesicht seines Kunden zu platzieren. Ach ja,' fällt ζ ein 'er wird seine Kunden aber Klienten nennen'.

»Ich habe eine Geschichte die Sie kaum glauben werden, und bitte Sie als Profi um Ihren Rat.« schmeichelt ζ.

»Schießen Sie los Herr Balthasar, ich befasse mich fast nur mit zunächst unglaublichen Geschichten.«.

ζ hat ihn völlig verstanden und berichtet:

»Es gibt in diesem Land einen Bezirk der sich Juppstadt nennt. Kennen Sie diesen Bereich?«. ζ zeigt auf seine Karte.

»Nein habe ich noch nie gehört. Ich bin ganz Ohr, erzählen Sie weiter.«.

»Dieser Staat unterhält hier einen offenbar völlig abgeschotteten Bereich mit einem Durchmesser, von mir geschätzten, fünfundzwanzig Kilometern. Das Zentrum dieses Bereiches ist eine Kleinstadt mit dem Namen Juppstadt. Eine richtige Stadt mit allem drum und dran, nur die Einwohner wissen allesamt nicht wie sie dahin gekommen sind. Ich selbst habe dort drei Monate lang gelebt und bin dann ausgebrochen. Jetzt lebe ich hier seit Jahren verdeckt. Ich weiß nicht wer ich bin und wie ich jemals nach Juppstadt gekommen bin. Das will ich herausfinden. Nach Juppstadt bin ich gekommen mit totalem Namen- Gedächtnisverlust, Namen von allen Leuten, inklusive meinem, die ich persönlich gekannt habe, alle Städtenamen, alle Straßennamen et cetera.«.

»Haben Sie irgendwelche Belege über Ihre Behauptungen? Oder soll ich Sie einfach als Spinner ad acta legen und die nächste Klapsmühle anrufen?«.

ζ präsentiert seinen Juppstadt-Ausweis mit dem Namen Willibald Balthasar und eine wohlsortierte Auswahl seiner Fotos.

»Das mit der Klapsmühle lassen Sie besser Herr Koschick, mein Baseballschläger ist in Reichweite. Auch Zeugen kann ich

118

benennen.« erklärt ζ großspurig, er hat zwar nur einen und wird den Zeugen, Beate, niemals preisgeben.

Herr Koschick muss irgendwie, wenn auch widerwillig anerkennen, dass die Dokumente echt wirken.

»Was wollen Sie von mir Herr Balthasar?«.

»Nennen Sie mich bitte nicht mehr Willibald Balthasar, nennen Sie mich einfach Zeta, meinen früheren Namen, den ich mühsam herausgefunden habe, werde ich Ihnen nicht nennen. Ebenso werde ich Ihnen den Namen unter dem ich jetzt lebe nicht nennen!«.

»Was wollen Sie von mir Herr Balthasar?« fragt Herr Koschick noch einmal. ζ hat ihn schon verstanden.

»Nennen Sie mich bitte Zeta, mein Baseballschläger ist in Reichweite!«

ζ bittet im Gegensatz zu seiner sonstigen Angewohnheit:

»Helfen Sie mir bei der Auffindung des Sinns von Juppstadt.«.

»Ich werde da mal nachfassen.« drückt sich Herr Koschick unverbindlich aus.

»Es gibt dort« ζ zeigt auf die Karte »einen recht eigentümlichen Bereich der recht harmlos wirkt es aber nicht ist. Um diesen Bereich führen Straßen herum, aber nicht einmal ein Feldweg hinein.«

»Bemerkenswert in der Tat!« bemerkt Herr Koschick.

»Wie findet man eine Person von der allenfalls der Name bekannt ist?«

»Ohne Behörden: gar nicht!«

»Suchen Sie nach Gabriele Hase oder Gabriele Peter, wie auch immer, letzter Wohnsitz: Stocken, 'Liliengasse 36'! das ist ein Auftrag. Ich rufe Sie in zehn Tagen wieder an. Keine Behörden!, denn dieser Staat betreibt Juppstadt.«

ζ verabredet mit Herrn Koschick er möge sich mal um die Hintergründe von Juppstadt kümmern, und vereinbart ein für ζ akzeptables Erfolgshonorar aus.

ζ verlässt die Detektei und ruft dreißig Minuten später auf einem verschlungenen Umweg nach hause das Büro Koschick an und es meldet sich Herr Koschick und ζ legt, ohne dass er sich zu erkennen gibt, auf.

ζ traut Niemandem außer Beate, und praktiziert mit seinem bezahlten Ticket U-Bahn-Bus Hopping aber nicht Surfing auf dem Rückweg, und er ist sich sicher, dass er nicht verfolgt wird. Nur allzu gern würde er schwarzfahren, sich nur allzu gern dabei erwischen lassen, nicht bezahlen und seinen Juppstadtausweis vorzeigen. Sollen sie ihm doch eine Anzeige nach Juppstadt schicken HIHI. ζ lässt das aber aus Selbsterhaltungsgründen auch auf Rücksichtnahme gegen Beate und Prinz, sein Vergnügen muss er auf die reine Vorstellung der dusseligen Gesichter beschränken.

Ein Anruf bei der Detektei Hans.-P. Koschick nach zehn Tagen war völlig umsonst. Weder hat er eine Vorstellung von Juppstadt bekommen, noch hat er Gabriele Hase oder Peter ausfindig machen können.

ζ wendet sich an andere Detektivbüros immer mit derselben Vorstellung unter immer anderer Verkleidung immer mit denselben Belegen, immer mit demselben Anliegen. Allesamt kriegen die nichts heraus. Und allesamt sehen sie von ζ keinerlei Pinunze.

ζ recherchiert auch eigenständig weiter. Er sucht in alten Karten, er sucht in Gebietsbeschreibungen, er sucht in Geschichtsbüchern, er sucht in Touristikkatalogen, er sucht auch in ausländischer Literatur,

ζ sucht, sucht und sucht.

Selbst während seiner Studienzeit hat ζ nicht so lange in Bibliotheken inklusive Universitäts-Bibliotheken zugebracht.

Er findet über diesen, doch geographisch nicht so kleinen Bereich, NICHTS, was ihn immer skeptischer macht.

Beate wird manchmal misstrauisch auf Grund der für sie unerklärlichen Abwesenheit des ζ, und sagt gelegentlich:
»Wenn Du eine andere Freundin hast sag's mir doch einfach Zeta.«
»Ob Du es glaubst oder nicht Beate, ich bin Dir treu, aber *alles* was ich tue, musst Du nicht wissen, auch zu Deinem reinen Selbstschutz. Du hast kein Vertrauen mehr zu mir.«
»Du verheimlichst mir etwas, vieles?«
»Vieles, liebe Beate, verheimliche ich Dir gegenüber. Aber immer nur ganz intime persönliche Angelegenheiten. Fast jedes Mal, wenn ich dusche, wichse ich, ich hole mir einen runter. Männer sind so.«
»Was soll das Zeta, ab heute duschen wir nur noch gemeinsam.«
»Was soll das Beate. Ich belüge und betrüge Dich in keinster Weise. Wir sollten gegeneinander keinerlei Misstrauen aufbauen. Wenn Dir an mir irgendetwas nicht passt, sag es doch einfach, sag es mir einfach ins Gesicht!«
Beate muffelt vor sich hin und ζ erkennt: irgendein Misstrauen hegt Beate gegen ζ.
»Du solltest Deine Haltung überdenken Beate. Wenn wir nicht mehr zusammenstehen, wenn wir uns gegenseitig nicht mehr vertrauen, werden wir mit Deinem Kaiserreich untergehen.«
»Du verheimlichst doch irgendetwas, was treibst Du in all den Stunden wenn Du nicht im hause bist?«
»Ich befasse mich mit dem, was 'Recht' genannt wird. Ich bin schon fast Profi geworden.« entgegnet ζ.
»Das glaube ich sogar Dir Zeta, bei der Anzahl von Rechtsliteratur, die Du zusammengetragen hast. Wozu treibst Du das?«
»Nenne es Hobby, ich untersuche sehr genau unsere Rechtsstellung in diesem Lande und anderen Ländern insbesondere in Hinblick auf Prinz. Und ich bin da einer, wenigstens für mich,

Ungeheuerlichkeit auf der Spur.«

»So schwierig kann das doch gar nicht sein, dass Du so viel Zeit und Energie in diese Sache hineinsteckst.«

»Sieh mal Beate, ich bin Mathematiker, Rechts'unsinn' zu begreifen ist für mich praktisch unmöglich weil die Rechtsspinner allesamt in diesem Staat gegen jede Logik und gegen ihre eigen formulierten Gesetze argumentieren und immer wieder dagegen verstoßen. Das ist wirklich interessant, ich bin mit meinen Arbeiten praktisch fertig! Ich muss nur noch ein paar Kleinigkeiten weiter verfolgen.«

»Erkläre mir doch einmal die Konsequenzen Deiner Tätigkeiten für uns Zeta. Prinz, mich und Dich betreffend.«

»Aber gerne Beate, ich werde mich im Moment nur auf die Lage von unserem geliebten Sohn Prinz beziehen.

Prinz hat Eltern, die eindeutig keine Bürger dieses Staates sind, eventuell mal waren, bis ihnen dieser Staat irgendwie ihre Legitimation entzogen hat und sie irgendwie zu Nullbürgern erklärt hat, in jedem Fall illegal, da dazu keine Rechtsgrundlage aufzufinden ist.

Die Verfassung dieses Staates erklärt noch nicht einmal wer Bürger/Staatszugehöriger eigentlich ist!

Prinz existiert physisch ohne jeden Zweifel, er ist von uns gezeugt, und von Dir, liebe Beate, geboren worden. Ist er damit Bürger dieses Staates? Offenbar nicht. In den Vereinigten Staaten von Amerika wäre er automatisch Bürger mit allen Rechten und Pflichten geworden, nicht in diesem Land. Müssen wir Prinz in diesem Staat anmelden? Offenbar nicht! Es ist kein Gesetz, das irgendwie mit der Verfassung in Einklang zu bringen ist, auffindbar. Wir müssen ihn nicht melden, wir müssen ihn nicht auf Schulen dieses Staates schicken und andere Verwaltungsscheiße praktizieren, auch nach intensivster Suche in Rechtstexten dieses Staates ist kein Recht/Pflicht auffindbar. Die gängige Auffassung, nur als Beispiel, es existiert eine Schulpflicht für Kinder, ist nirgendwo im Recht dieses Staates, der nun wirklich nicht unser Staat ist, definiert. So geht das immer weiter, es wird etwas, Pardon illegales, praktiziert, und auf einmal soll das 'Recht' sein.«.

»Experte Zeta?«. fragt Beate launig.

»Eindeutig: Ja! Beate. In Verfassungsrechten kenne ich mich in-und-auswendig aus, ich habe von etlichen Staaten die Verfassungen gelesen. Das war sehr interessant. Bürgerrechte werden praktisch nie formuliert, das öffnet einfach Willkür der Mächtigen, die ja reichlich praktiziert werden. Wir leben *recht* legal Beate.

Wir machen uns allenfalls ein paar kleiner 'Ordnungswidrigkeiten' schuldig, obwohl auch dieser Begriff in diesem Land rechtlich nicht existent ist. Der logisch erklärt werden kann, wo es keine Ordnung gibt kann es keine Widrigkeiten gegen eine nicht existierende Ordnung geben! Logik Beate.«

Beate erwidert nichts. Daher nimmt ζ die Diskussion über Vertrauen wieder auf.

»Du hast kein Vertrauen mehr zu mir Beate, Du solltest auch kein Vertrauen zu mir haben. Du solltest zu niemandem Vertrauen haben, eventuell noch nicht einmal zu dir selber.

Lese Gregor von Rezzori 'Maghrebinische Geschichten' Kapitel 9, wohl vermerkt, hier wird nicht ein Misstrauen gegen sich selbst formuliert, lediglich Misstrauen gegen Jedermann in wirklich hübscher Form: sogar darf ein Kind seinem eigenen Vater nicht trauen.

Jeder Lügner wird abstreiten, dass er lügt; jeder Dieb wird abstreiten, dass er stiehlt; jeder Kinderschänder wird abstreiten, dass er Kinder schändet; jeder Mörder wird abstreiten, dass er mordet; jeder Steuerhinterzieher wird abstreiten, dass er Steuern hinterzieht; jeder Betrüger wird abstreiten, dass er betrügt et cetera.

Der eine oder andere Lügner, Dieb, Kinderschänder, Steuerhinterzieher, Betrüger et cetera wird sogar vor sich selber

abstreiten, dass er Lügner, Dieb, Kinderschänder, Steuerhinter-

123

zieher, Betrüger et cetera ist.

Vertraue Niemand. Vertraue noch nicht einmal dir selbst.

Ich bin von Dir liebe Beate etwas enttäuscht wenn Du mir nicht traust, obwohl ich Dich verstehen könnte.«

»Übertreibst Du nicht schon wieder maßlos Zeta?« fragt Beate.

»Auch wenn ich Philosophen wenig schätze, das eine oder andere haben selbst die erkannt außer 'cogito ergo sum'.

Schopenhauer sagte einmal: "Mit der Wahrheit kann man leger umgehen, aber lügen muss man exakt" und er hat recht.

»Ich *untertreibe* mal wieder maßlos Beate, ein historischer Mann wie Hitler, je nach Interpretation, hat mindestens 6 Millionen Morde begangen, er wird aber für sich, geistig abgestritten haben Mörder zu sein. Stalin, Mao-Tse-Tung, Pol-Pot und andere stehen Hitler wohl kaum nach, Stalin und Mao sind eventuell sogar 'besser' als Hitler gewesen.

Alle Politiker lügen, ob sie sich das eingestehen wollen oder sich selbst belügen ist ohne jeden Belang. Der denkende Bürger weiß das. Leider wählt er die verlogenen Spinner immer wieder, die sich dann legitimiert sehen *ihren* Wählern in den Arsch zu treten für ihre Lügen, Unterschlagungen, Diebstähle, Kinderschändereien, Morde, Steuerhinterziehungen et cetera.

Diese Doppelzüngigkeit ist wohl menschlich, human?«

Beate ist mal wieder schweigsam, zu schweigsam für ζ's Geschmack.

»Wenn Du zu mir keinerlei Vertrauen mehr hast, liebe Beate, musst Du das einzig und allein mit Dir ausmachen, inwieweit Du mir traust oder misstraust, da kann ich Dir nicht helfen. Ein Konflikt, den Du nur mit Dir selber austragen kannst und musst. Das liegt in der 'Natur' der Sache.«.

ζ wendet sich ganz vorsichtig an die Presse dieses Staates. Sein Misstrauen ist grenzenlos. Er muss auch hier die Erfahrung machen: Niemand interessiert sich für seine Geschichte, sie ist einfach zu unglaubhaft, zu wenig Sex, zu wenig Crime.

'Zuwenig Crime?' schüttelt ζ sein bald greises Haupt. ζ würde das 'Crime à la Crime' nennen, wenn Beamte die von ihnen geschaffenen Gesetze missachten, umgehen und brechen.
Bis er eines Tages einen Redakteur mit Namen Fick findet, der hier eine Story wittert. Prinz ist mittlerweile fünf Jahre alt.
Der Redakteur eines wirklich namhaften Magazins, der in der Rubrik 'Besonderheiten, irdische und außerirdische Angelegenheiten und außergewöhnliche Phänomenen arbeitet, ist bereit sich ζ's Darstellungen mal etwas näher anzusehen.
Der Herr Fick hat offenbar völlige Narrenfreiheit.
ζ bespricht sich tagelang mit Beate, er wird nichts unternehmen ohne ihr volles Einverständnis. Beide besprechen die Lage, die Möglichkeiten, die sich ergebenen Konsequenzen aus irgendwelcher Handlungs- weise.
Beate und ζ kommen überein den Redakteur Fick ins Vertrauen zu ziehen. Zumal Fick die eigentliche Identität beider nicht kennt, und offenbar auch nicht kennen will.
Beates Abschlussergebnis ist:
»Doch Zeta, wir machen das. Das muss einen riesigen Wirbel ergeben, wenn hier Vorgänge, Machenschaften und Manipulationen übelster Art dieses Staates aufgedeckt werden.«
»Keine Angst Beate, das wird nur Strohfeuer. Von den Staatspissern...«
»Zeta Dein Sprachgebrauch lässt zu wünschen übrig.« unterbricht Beate.
»Das Wort 'Scheiße' ist hier in diesem Land eines der meist gebrauchten Wörter. Für mich ist Pisse flüssige Scheiße!«.
Beate schweigt.
»...von den Staatspissern wird keiner zurücktreten müssen, der Wähler wird genau diese Pisser spätestens bei der übernächsten Wahl wieder wählen. Aus Selbsterhaltungsstrategie wird er schnell wieder vergessen, dumm wie er ist. Er wird nicht lernen, sondern sich weiter ausnutzen lassen.
Wen juckt in diesem Land schon ob ein Parteivorsitzender we-

gen Steuerhinterziehung verurteilt wird, wen juckt in diesem Land schon ob ein Schatzmeister Gelder unterschlägt, wen juckt in diesem Land schon ob ein gewählter Politiker seine Stellung zur Unterdrückung von verfassungsmäßigen Bürgerfreiheiten miss- braucht, wen juckt in diesem Land schon ob Polizeibeamte gegen Gesetze verstoßen,...«

»Hör auf Zeta, das kenne ich doch alles!« wirft Beate ein.

»...sie bleiben alle in 'Amt und Würde' bezahlt vom Bürger, und werden immer wieder gewählt; KAUKAU!, liebe Beate.«

ζ vereinbart mit Redakteur Fick eine gemeinsame Reise in den Juppstadt-Bereich. Der Reisetermin wird auf den Montag kommender Woche festgelegt.

Diesmal will Beate unbedingt mitkommen, ζ kann und will ihr das nicht ausreden, er kann sie auch nur zu gut verstehen.

Prinz wird einem auswärtigen Kinderhotel untergebracht, mit einer Rund-um-die-Uhr-Betreuung: Spiel-Spaß-Action, das wird Prinz gefallen, da sind Beate und ζ sich sicher.

Zur Abreise wird es eng, rein räumlich gesehen. Herr Fick erscheint zum Treffen mit einem BMW 750, ζ freut sich, doch er freut sich zu früh. Herr Fick hat zwei Begleiter, Experten? dabei, und den Kofferraum mit Gerätschaften voll gepackt, so dass Beate und ζ kaum noch ihre gemeinsame Reisetasche unterbringen können. Keiner hat Lust zu fahren, also muss ζ ran. ζ hat Lust den 750ziger zu fahren und er kennt den Weg, der richtige Mann an der richtigen Stelle, so nennt man das doch. Die knapp tausend Kilometer von Stocken bis zum Juppstadt- bereich legt ζ in sechs Stunden zurück. Beates Bemerkungen "Ras nicht so" wird einfach von der Männermehrheit überhört. ζ fährt, wenn die Straße und der Verkehr dies zulässt, durchaus 230 km/h.

»Nun wird's interessanter Leute sagt Zeta. Wir befinden nun an der nord-östlichen Seite des Juppstadt-Bezirks, wie ich das nen-

126

ne,« ζ zeigt auf der Karte den momentanen Standort, »ich schlage vor, wir umfahren den Bezirk einmal angemessen langsam. Den Weg von circa einhundert Kilometern schaffen wir heute noch vor Einbruch der Dunkelheit.«.

Das Team ist einverstanden.

»Alle Augen rechts!« versucht sich ζ in militärischer Ausdrucksweise, obwohl er nie bei diesem Haufen gedient hat, alle, außer Beate grinsen, »meine bleiben auf der Straße. Beate muss sich ausruhen. Bei irgendwelchen Auffälligkeiten halten wir sofort an.«.

ζ umrundet den Bereich auf den öffentlichen Straßen niemand entdeckt 'Augen rechts' irgendeinen Weg in den Bezirk.

Das Team mietet sich in dem Hotel in Glücksburg, in dem Beate und ζ vor Jahren gewohnt hatten, ein. Beate zieht sich auf ihr Zimmer zurück und die Männer halten noch eine Lagebesprechung bei ein paar Bierchen in der Bar ab. Lagebesprechung heißt: Herr Fick und ζ unterhalten sich, Herrn Ficks Begleiter sind offenbar stumm, ζ kann sich nicht daran erinnern, dass sie den ganzen Tag lang auch nur ein einziges Wort gesprochen haben. Sie tragen aber eine mindestens so dunkle Brille wie ζ.

Redakteur Fick und ζ planen für den folgenden Tag eine kleine Expedition mit dem Ziel bis zum von ζ angegebenen Minengürtel vorzustoßen. Fick gibt seinen Leuten Anweisungen, "Wenigstens taub sind die nicht" denk ζ.

Das komplette Team macht sich früh morgens auf den Weg. ζ fährt wieder bis zum Bereich. Einer von Fick's Leuten bleibt im Wagen, die anderen des Teams machen sich reichlich bepackt mit Sachen die wohl noch in der Nacht zusammengestellt wurden auf den Weg in südwestlicher Richtung, stramm auf den Kern von Juppstadt zu.

Nach einem dreistündigen Marsch durch unwegsames Gelände ruft ζ »Stopp!, das könne der Minengürtel sein, das sieht mir zu monoton aus, das passt nicht in die Landschaft. In den letzten Jahren muss der zugewachsen sein.«.

Fick's Helfer rüstet sich mit Gerätschaften aus und marschiert in Richtung der von ζ angegebenen Stelle. Beate, Herr Fick und ζ warten und sind recht froh über eine Verschnaufpause. Nach einer guten halben Stunde taucht Fick's Mitarbeiter wieder auf und berichtet,

"Also doch nicht stumm" denkt ζ:

»Minengürtel circa 350 Meter breit mit Tretminen vom Typ X-2-turbo etwa zehn Jahre alt, ganz fieser Typ, in unregel- mäßiger Anordnung. Soll ich eine ausgraben?«.

»Besser nicht, wir gehen ein stücklang am Rand des Gürtels weiter.«.

Das Team kehrt nach ein- zwei Kilometern Fußmarsch um und geht zum Wagen zurück. Der Typ sitzt immer regungslos im 750, nur der Aschenbecher ist deutlich voller geworden.

Bei der Lagebesprechung am Abend im Hotel sagt Herr Fick:

»Wir überfliegen morgen den Bereich. Ich werde noch heute eine Maschine chartern.«.

ζ denkt 'Hoffentlich muss ich das nicht bezahlen, das kann ich nicht.', er macht sich aber keine weiteren Gedanken. Herr Fick's Mitarbeiter erhalten wieder Anweisungen für morgen.

Auf zum nächsten Flughafen im zweihundert Kilometer vom Hotel entfernten Ort Neubuttterhal. Diesmal bleibt der Minenspezialist im Wagen zurück. Wieder reichlich bepackt geht das Team zur gecharterten viermotorigen Cessna. Herr Fick fliegt selber.

»Sie haben recht Zeta, über dem uns interessierenden Bereich besteht ein totales Überflugverbot. Uns sollte es dennoch gelingen aus hinreichender Höhe, ich denke an siebentausend Fuß,«

ζ denkt: 'Was sind denn nun mal wieder siebentausend Fuß, ich habe doch meine Umrechnungstabellen und meinen Taschenrechner nicht dabei und ich habe leider nur zwei Füße'

»vom Rand des Bezirks aus mit unserer Ausrüstung recht interessante Aufnahmen machen zu können.

Ich wage im Moment noch keinen Tiefflug direkt über den Bereich. Ich möchte auch nicht unbedingt meine Fluglizenz einbüßen. Ich darf mich schon mit den Filmen, die wir machen werden, nicht erwischen lassen.«.

Fick's Fotograf belichtet etliche Filme, ζ hat nicht mehr mitgezählt. Zurück zum Flughafen, zurück zum Hotel. Herr Fick schickt sofort den Minensucher in eine entfernte Stadt, ζ bekommt das nicht genau mit wohin, um das Filmmaterial noch heute Nacht entwickeln zu lassen.

Am nächsten morgen sind tatsächlich etliche aussagekräftige Bilder parat. Es existiert tatsächlich eine Kleinstadt in dem Bereich den ζ angegeben hat, und es führen keinerlei erkennbare Verkehrswege dorthin.

Erkennbar sind aber zwei Straßen vom Juppstadt-Kern aus, eine Richtung Norden eine Richtung Süden, die beide vor dem auch auf den Fotos erkennbaren Minengürtel enden. Auch der Fluss, den ζ seinerzeit zum Eindringen in Juppstadt zur Suche nach seiner Frau durchschwommen hat, ist erkennbar.

Aber eine kleine Beule am Wagen ist erkennbar.

Fick's Fotograf hat auch Aufnahmen des Stadtkerns von Juppstadt gefertigt.

»Kuck mal Beate, das müsste die Tigerstraße sein, such mal Deine Wohnung und Deinen Laden.«.

»Wir können uns auf den Rückweg nach Stocken machen, das war's hier Zeta. Sie fahren.« als Herr Fick bemerkt, dass ζ die Beule am BMW bemerkt.

»Wollen wir noch auf Donnerstag warten, eventuell können wir einen Juppstadt-Transport beobachten?«

»Unser Warten lohnt doch nicht. Sie haben ja Fotos gemacht. Wir hätten bessere gemacht, darauf können Sie sich verlassen. Ihre Fotos reichen aber. Wir könnten doch nur eine Kolonne Militärfahrzeuge auf öffentlichen Straßen aufnehmen, die nichts aussagen. Ihre Fotos sind besser, da Sie die im Juppstadt-Bezirk aufgenommen haben.«

»Echtes Profiteam.« bemerkt ζ.

»Ich behaupte, das ist halb so wild, es ist in erster Linie die Frage der Möglichkeiten, und ich habe sie zur Verfügung. Mein Verlag kann und wird solche Einsätze wie diesen aus der Portokasse begleichen.

Unsere Leser unseres Magazins und die Werbespinner und die Leser der Reklamespinnerei finanzieren das doch.

Ich könnte, apropos, von Zeit zu Zeit mal einen Fahrer wie Sie brauchen Zeta. Ihr schnelles Fahren ohne jede Ermüdungserscheinung ist angesagt bei uns.« sagt Herr Fick.

»Überschätzen Sie mich nicht Herr Fick, das Powerslide müsste ich erst noch lernen. Ermüden werde ich wirklich nur beim Langsamfahren, Lahmarschkriecherei wie ich das nenne. Heißen Sie wirklich Fick?«

»Ich nenne mich so wie ich heißen will Zeta. Wir sind uns da doch ganz ähnlich. Mich interessiert dieser Staat herzlich wenig, es sei denn ich kann ihn massiv angreifen.«

Herr Fick grinst mit leichter Anhebung der linken Augenbraue. Herr Fick wird ζ immer sympathischer.

»Ich werde im Büro weiter recherchieren. Ich werde sicherlich in kürze etwas finden. Unsere Datenbestände sind umfangreich.« wie er sich vorsichtig ausdrückt.»Wir wären sicherlich nicht von allein auf diese Story gestoßen, das ist der Witz. Wir sind praktisch immer auf Informationen von außen, von Leuten wie Sie, angewiesen. Unser Vorstellungsvermögen reicht dazu nicht aus, was wirklich passiert.

Wir wissen wirklich nicht wo wir anfangen sollten zu suchen.

Sie dürfen mir noch eines verraten Zeta, wie konnten Sie seinerzeit aus Juppstadt ausbrechen?«

»Darüber habe ich lange, lange nachgedacht, ohne jemals zu einem Ergebnis zu kommen. Beate und ich sind einfach eines nachts mit dem mir zur Verfügung stehenden albernen Ford-Sierra losgefahren, auf der Straße von Juppstadt aus nach Norden. Sie erkennen die Straße auf den Fotos, und wir sind irgendwie auf der Landstraße, die Sie mittlerweile kennen, von der aus wir die kleine Expedition zum Minenfeld gestartet haben, gelandet. Beate und ich wissen nicht mehr, wie wir dahin gekommen sind, welche Wald- Feld- Schotterwege wir gefahren sind.

Der Kompass, und damit die Richtung, war auf Norden gestellt. Wir waren nur froh den Juppstadt-Bezirk hinter uns gelassen zu haben. Es war eigentlich ganz einfach; wir wurden durch *Nichts und Niemanden* aufgehalten.« führt ζ aus.

»Wir beide bleiben in Kontakt Zeta, sobald ich Näheres weiß, erhalten Sie Nachricht.«.

»Ich bringe Ihnen in ein paar Tagen alle meine Fotos vorbei.« sagt ζ und er hält sein Versprechen.

Als Beate und ζ von dem Trip wieder nach hause kommen sagt ζ:

»Ein richtiges Abenteuer ist es ja leider nicht geworden, aber doch ein wenig Abwechslung in unserem doch recht monotonem Alltag.«.

»Mir hat es doch recht gut gefallen, bis auf Deine Raserei auf der Straße ζ. Den Flug habe ich bis auf das bisschen Angst am Anfang genossen, ich bin noch niemals geflogen.«.

»Nenne bitte meine Fahrweise nicht Raserei Beate. Wenn Wagen, Straße und Verkehr es zulassen fahre ich etwas schneller als Hausfrauen es sich zutrauen würden. Rasereien veranstalten Fahrer, wenn sie mit achtzig Kilometern/Stunde durch eine Spielstraße Brettern. Übrigens hat mir Herr Fick einen Job als seinen Fahrer angeboten!

Ist Dir bei Herrn Fick etwas aufgefallen Beate?« fragt ζ.

»Ich glaube was Du meinst, da kenne ich Dich doch langsam

131

zu? gut ζ, er fängt jeden Satz mit 'Ich', oder 'Wir' oder 'Unser' an.

»Du kennst mich mittlerweile wirklich recht gut, es ist *fast* richtig getippt, ich muss aber Deine Äußerung erweitern, weil ich mit Herrn Fick weit länger gesprochen habe als Du, und Du auch nur zugehörst hast. Herr Fick beginnt jeden, aber auch jeden Satz mit einem Personalpronomen! auch fast jeden Nebensatz.

Ich halte ihn für einen äußerst intelligenten und kompetenten Mann mit einem eingefahrenen Satzanfang:

'ich-du-wir-unser-ihr-dein-...........',

wirklich bemerkenswert.«

Ein wenig Theater gab es noch als Beate und ζ ihren geliebten Sohn Prinz vom Kinderhotel abgeholt haben. Prinz begrüßt Mama und Papa herzlich, er will aber in dem Hotel bleiben, das hat ihm richtig Spaß gemacht: 'Fun and Action' den ganzen Tag. Auch der Urlaub von Prinz endet, Prinz kann das nur widerstrebend einsehen.

Ein Skandal ?

Herr Fick des namhaften Magazins als Sonderredakteur für 'Besonderheiten, irdische und außerirdische Angelegenheiten und außergewöhnliche Phänomene mit sonder- barem Sprachgebrauch, recherchiert, das heißt er sucht in den umfangreichen Datenbeständen seines Verlags. Und er wird fündig, was ζ jahrelang nicht gelungen ist, und er benachrichtigt ζ über verdeckte, vereinbarte Kommunikationswege, weil:
'Killroy is always watching you'.
»Wir sollten uns unterhalten Zeta, jetzt wird das wirklich interessant. Ich habe da so einiges herausgefunden.«.
Herr Fick vereinbart mit ζ einen Termin zu einem ausführlichen Gespräch. ζ besteht auf Beates Anwesenheit. Für Prinz muss ein Kindermädchen engagiert werden, Beate und ζ entscheiden sich wieder einmal für seine Hebamme, die jede Art Geld dringend benötigt.

Herr Fick beginnt die Konferenz mit dem Satz:
»Mein Haus wird ohne Ihre Einwilligung nichts unter- nehmen. Ich kann unglaublich viel initiieren und ich habe einen Entwurf zur Veröffentlichung erarbeitet. Sie sollten ihn lesen.«.
Herr Fick überreicht ζ ein journalistisch aufbereitetes Paper.
Nachdem ζ und danach Beate den Text gelesen haben sagt ζ:
»Im Prinzip Ja, die Details muss ich überdenken. Ich will keinerlei Verdrehungen von Tatbeständen, zwei Darstellungen sollten klarer formuliert werden, das werden wir schon noch hinbekommen.«.
»Sie müssen mir doch nicht mit Radio Eriwan kommen Zeta.«.
Der Artikel des Herrn Fick's hat den Inhalt:
'Der Bereich, der aus guten Gründen 'Juppstadt' genannt werden kann, ist seit Jahrhunderten geheimstes Staats- gebiet.
Dieses Gebiet hat alle historischen, politischen und gesellschaft-

133

lichen Umwälzungen der Zeiten über- standen.............'.
ζ kommt das irgendwie sehr bekannt vor. Er hat doch Solschenizyn und viele andere Berichte über geheime Orte, die Solschenizyn GULAGS nennt, gelesen.

Dass auch in einem so kleinen und dicht besiedeltem Land, in dem er lebt, so etwas vorhanden ist, unter angeblicher 'Freiheitlicher demokratischer Grundordnung' möglich ist, weiß ζ, aber sein Gehirn weigert sich beharrlich das zu akzeptieren! Es wird ihm wohl kaum etwas anderes übrig bleiben.

»Es reicht doch eigentlich nicht, nur die Existenz von Juppstadt nachzuweisen. Der Sinn von Juppstadt muss doch herauskommen, die Betreiber müssen genannt werden, die Legitimation der Betreiber müssen geklärt und aufgedeckt werden.«
bemerkt ζ etwas ungehalten, und führt weiter aus:

»Müssen wir nicht weitere Beweise sammeln, bevor ernsthafte Schritte unternommen werden sollten?« fragt ζ, er kommt sich ein bisschen naiv vor.

»Sie irren Zeta. Sie glauben mir bitte Zeta, bei allem Respekt. Wir kennen nun den Bereich Juppstadt. Ihre eidesstattlichen Erklärungen über alles was Sie angeben, belegen und unterschrieben haben, genügen uns. Wir lassen dann eine Kiste anlaufen. Mein Verlag weiß, dass diese Kiste mit riesigem Spektakel, dann fast von allein weiterläuft. Sie glauben doch nicht, dass auf unseren Artikel hin nichts passiert. Ich behaupte, Tausende Reporter aus aller Welt werden sich auf den Weg nach Juppstadt machen und Juppstadt überfluten. Unser Staat *kann* das nicht ignorieren und unterbinden.«.

»*Unser*?«. fragen Beate und ζ als eingespieltes Team gleichzeitig wie aus einem Mund.

»Und die Reporter werden Juppstadt erreichen, richtig interessant wird es, wenn die ersten von Minen zerfetzten Leichen geborgen werden, das meinen Sie doch Herr Fick!«.

»Sie lernen recht schnell Zeta. Wir sollten zusammenarbeiten.«

134

»Sind Ihre Äußerungen nicht ein bisschen menschenverachtend?« fragt ζ, er ist zwar hart geworden, wohl nicht hart genug.
»Ich sage eindeutig JA. Ich verachte diesen Staat und diese verlogene Gesellschaft genauso wie Sie Zeta. Ich komme aber offenbar besser damit zurecht als Sie. Ich kann ohne rot zu werden lügen, und das Lügen mit meinem Gewissen zu vereinbaren im Stande bin. Ich habe Ihnen schon einmal gesagt, dieser Staat und diese Gesellschaft interessieren mich nur insoweit, wie ich sie ausbeuten kann.
Sie glauben doch nicht im Ernst, dass sich dieser, mein Verlag, wirklich für Juppstadt interessiert, es ist ein Geschäft, diese, Ihre Story, könnte lukrativ werden. Sie sollten irgendeinen Idealismus aufgeben. Ich und mein Verlag können die Welt nicht ändern, auch wenn wir das wollten, wir können nur unter den Gegebenheiten Geld machen, wenn es uns gelingt. Wir lachen mal für mal über unsere Tätigkeiten, wir interessieren uns letztlich nur für unser Wohlergehen. Ich bin ganz offen gegen Sie. Ihren Idealismus in allen Ehren Zeta, nur, stellen Sie sich den Realitäten. Sie werden an dem Geschäft partizipieren.«.
»Wir werden Papiere anfertigen und unterschreiben. In zwei Tagen sehen wir uns wieder Herr Fick.«.

»Bist Du nicht etwas voreilig Zeta?« fragt Beate auf dem Rückweg.
»Keineswegs liebe Beate, ich bin keinerlei Verbindlichkeit eingegangen. Wir müssen uns nun wirklich entscheiden, ob wir so einen Skandal initiieren wollen.«.
»JA, ohne jedes Wenn und Aber.« sagt Beate spontan, und ζ stimmt ihr zu, weil auch er diesen Weg längst wollte, aber ohne Beates O.K. nichts Konkretes unternommen hat. Diesmal darf Beate ζ keine mangelnde Spontaneität vorwerfen.
Beate und ζ fertigen in den nächsten zwei Tagen etliche Paper, alle eigenhändig unterschrieben, wobei ζ wieder sein inneres

Grinsen aufsetzt und sich fragt, was seine und Beates Unterschrift wohl wert sind.

ζ überbringt die Papiere und händigt sie Herrn Fick aus, auch alle Fotos von seiner Reise nach Juppstadt übergibt er Herrn Fick mit der Bemerkung:

»Nun los, Herr Fick.« wie ζ das nennt.

»Wir hätten gern noch Fotos von Ihnen und Beate zur Beilage.« sagt Herr Fick.

»NEIN Herr Fick, Beate und ich bleiben *zunächst* völlig anonym, von Beate und mir dürfen zunächst *keinerlei* uns identifizierenden Daten bekannt werden. Den Sinn kennen Sie doch, darüber muss ich mich doch nicht auslassen. Nun los, Herr Fick!«

»Wir wollen ein Foto Zeta von Beate und Ihnen. Wir werden das Foto so kaschieren, dass sie beide wohl kaum, auch mit modernen Bilderkennungssystemen, erkannt werden können.«

Etwas widerstrebend willigen Beate und ζ ein. Fick's Fotografen sind Profis, selbst ζ's Mutter hätte ihn wohl kaum erkannt.

»Wir legen nun los Zeta, allerdings auf unsere effektive Art. Ich verspreche Ihnen ein angemessenes Honorar, das gebe ich Ihnen hier schriftlich.«

Die übernächste Ausgabe des Fick'schen Magazins enthält einen seriösen, sachlichen ausführlichen Artikel. Für ζ etwas komisch platziert, unter der Rubrik "Kultur" gleich nach einem Artikel über 'Die Steuerhinterziehungspraxis eines Partei- vorsitzenden Grafen' und gefolgt von einem totalen Verriss eines Auftritts der von ζ so geschätzten Nina Hagen.

ζ findet Beates und sein Konterfei wieder, noch einmal wurde das Foto kaschiert, so dass Zeta noch nicht einmal sich selbst erkennen kann. Beate wird Hermeline und ζ wird Bisamites genannt, mit der üblichen Fußnote: Namen wurden geändert, die wahren Namen sind der Redaktion aber bekannt.

ζ grinst wieder mal auf seine nach außen hin nicht wahrzunehmende Art. Redakteur Fick kennt doch seinen Namen gar nicht.

136

Nach kurzer Überlegung begreift ζ Fick den Ficker.
Ist doch Kultur einfach menschliches Leben, Schaffung von geistigen Werten, Kunst und Wissenschaft gehören dazu, aber auch Kriegsführung und jede andere Barbareien gehören dazu.

Fick's Artikel schlägt, wie ζ das nennt, 'ein wie eine Cruise-missile'.
Weltweit interessieren sich Zeitungen, Magazine, Rundfunk und Fernsehen nun für Juppstadt.
Schlagzeilen in nationaler und internationaler Presse:
"Was ist Juppstadt?"
"Wer ist Gabriele?"
"Wo ist Gabriele?"
"Sex in der Tigerstraße 36 von Juppstadt"
"Rücktritt des Innenministers wegen Juppstadt gefordert"
"Drei Tote im Minengürtel von Juppstadt zu beklagen"
"Auflösung des Kriegsministeriums"
"Das Kriegsministerium soll in ein Ministerium für Verteidigung umgewandelt werden"
"Weitere sieben Tote im Juppstadt-Minengürtel"
"Der Präsident bestreitet die Existenz von Juppstadt"
"Der Kanzler droht mit Rücktritt"
"Der Kriegsminister und der Innenminister bestreiten energisch das Vorhandensein von Minengürteln in ihrem Land"

et cetera, et cetera, et cetera, et cetera, et cetera, et cetera.

ζ ist belustigt und traurig zugleich.
»Können wir die Minentoten eigentlich verantworten?« fragt ζ den Redakteur Fick.
»Ich habe da keinerlei Probleme. Wir haben den Gürtel bekannt gemacht. Ich bin nicht bereit jemanden zu bedauern, der ihn betritt. Ich kann Bekloppte nicht ausstehen. Mein Mitgefühl haben misshandelte Kinder, vergewaltigte Frauen, verhungern-

de Menschen, gefolterte Unschuldige, auch leidende Tiere; aber doch niemals geldgierige Dumme, wie Politiker, Zahnärzte, Journalisten, Krieger und anderes eigentümliche überflüssige Gesocks.«

Ist es wirklich nur 'Strohfeuer'. Wochenlang geistert Juppstadt durch die Presse und andere Medien, ohne dass sich etwas Nennenswertes rührt.

Doch irgendwann rührt sich etwas. Herr Fick greift nun in seinem Magazin den Staat massiv an.

Herr Fick erklärt diesen Vorgang Beate und ζ:

»Wir haben abgewartet. Wir setzen nun nach. Wir waren nicht untätig. Wir haben in Ihrer angegebenen früheren Adresse, bei Ihrem Vermieter, in Ihrer Nachbarschaft, in Läden der Umgebung und so weiter recherchiert. Wir haben nur Fotos benutzt Zeta, auf denen Sie gerade noch zu erkennen sind. Unsere Informationen sind eindeutig. Sie und Ihre Frau haben existiert und gelebt als Ehepaar Hase. Sie und Ihre Frau, die Sie Gabriele nennen, werden nicht gerade als liebenswürdig bezeichnet, aber richtig Stunk und Ärger haben Sie auch mit niemandem gehabt.« führt Herr Fick, wie immer in seiner eigenartigen Sprechweise, aus.

Herr Fick startet eine weitere Kampagne, in aller ersten Linie mit den Fragen:

"Wo ist Gabriele?"

"Wer wird noch vermisst?"

"Wer ist noch spurlos verschwunden?"

"Warum ist Juppstadt immer noch nicht frei?"

Auch die anderen Presseorgane schlachten das Thema Juppstadt weiterhin aus. Die Töne werden immer aggressiver. Die Forderungen nach Rücktritten von angeblich Verantwortlichen werden immer lauter.

Bürgerinitiativen entstehen, Demonstrationen finden statt, internationale Pressekonferenzen werden abgehalten, selbst Anträge auf Ächtung des Staates bei der UNO werden formuliert.

Der Staat reagiert mit immer massiveren Gegenmaßnahmen zu den angelaufenen Aktivitäten.

Der Juppstadt-Bezirk wird militärisch vollständig abgeriegelt und zu einem 'Sonder-Sperrgebiet im Interesse der Staatserhaltung' erklärt.

Damit wird der 'Juppstadt-Tourismus', wie ζ das nennt, völlig unterbunden. Niemand der Journalisten/Reporter hat die Stadt Juppstadt jemals erreicht. damit wird die Existenz von Juppstadt immer unglaubwürdiger; grinsen können nur noch Beate, ζ und Herr Fick.

'Wenigstens keine weiteren Minentoten mehr' denkt ζ, positives Denken?, obwohl ihm die Toten egal sind, da schließt sich Zeta der Argumentation des Herrn Fick auch geistig völlig an.

Der Kanzler will einen Ausnahmezustand verhängen, er scheitert aber im Parlament, auch wenn da nur angepasste Idioten rumhängen, an einem Verfassungspassus, dass er das nicht darf, komisch er schert sich doch sonst nicht darum. Einen Ausnahmezustand kann nur der Präsident dieses Staates verhängen. Da aber Kanzler und Präsident in einer Partei eine Klüngel- Gemeinschaft bilden, *wird* ein Ausnahmezustand verhängt.

Zu den Maßnahmen in diesem Ausnahmezustand gehört:
Die Zone des Überflugverbotes um den Juppstadt-Bezirk wird erheblich ausgedehnt und vom Kriegsministerium, auf Veranlassung des nun zuständigen Kanzlers, unter Umgehung des vom Volk gewählten Parlaments unter Einsatz der Luftwaffe als Teil des Kriegsministeriums, überwacht.

Zu den Maßnahmen in diesem Ausnahmezustand gehört:
Verbot aller Demonstrationen im Zusammenhang mit Juppstadt.

Zu den Maßnahmen in diesem Ausnahmezustand gehört:
Weitläufige Sperrung der Landstraßen um den Juppstadt-Bezirk; und sicherlich weitere Maßnahmen, die aber nicht bekannt werden.

Der Innenminister beruft eine internationale Pressekonferenz zum Thema Juppstadt ein, hier trifft sich offenbar handver-

139

lesenes Publikum, das erinnert ζ doch stark an Göbbels 'Wollt ihr den totalen Krieg?'

'JAAAAHH!'

Um eine Einladung des Herrn Fick kommt der Innenminister aber nicht herum, auch ihn lädt er sicherlich nur taktisch ein. Herr Fick nimmt ζ als seinen Mitarbeiter mit. Das Risiko, dass ζ erkannt wird, wird praktisch auf Null eingestuft. ζ maskiert sich mit der Maskenbildnerin des Verlages von Herrn Fick hinreichend.

'Ja, das sind schon Profis' denkt ζ.

Der Innenminister spricht in der Pressekonferenz ein- leitend ein paar Worte:

»Die Unruhe unter dem Begriff 'Juppstadt' muss aufhören. Seien Sie versichert, dass es Juppstadt nicht gibt, wenn es Juppstadt nicht gibt, kann es auch keinen Ausnahmezustand in Juppstadt geben, und alles was ihre Organe lügenhaft verbreiten.«

Wirklich laute Proteste werden artikuliert. Tumult artige Szenen entwickeln sich.

»Was ist dran an den Belegen, Fotos, Aussagen des Herrn Bisamites und anderen?«

»Was ist dran an den zehn Toten in dem Minenfeld?«

»Wieso ist ein Ausnahmezustand verhängt worden?«

»Wieso werden Straßensperren errichtet?«

»Da stimmt doch was nicht, wir verlangen Erklärungen!«

Der Minister geht nicht auf einzelne Fragen ein, sondern erwidert:

»Bitte um Ruhe.«

Alle anwesenden Journalisten verstummen, ein Minister will sprechen! Nur Herr Fick prustet vor Lachen und kann kaum an sich halten, ζ ist echauffiert, lachen kann er wirklich nicht mehr in diesem Zusammenhang.

»Sie sind offenbar einer totalen Fehlinformation aufgesessen,« führt der Minister aus, »in Ihrem Sprachgebrauch nennt man das wohl eine Ente.« und der Innenminister erläutert:

»In diesem Staat gibt es keine geheimen Orte. Einen Bezirk, der Juppstadt genannt wird, existiert einfach nicht! Daraus folgere ich die logischen Konsequenzen:

Wo es kein Juppstadt gibt, kann es auch keinen Minengürtel um Juppstadt geben, wenn es keinen Minengürtel gibt, kann es auch keine von Minen getöteten Menschen in diesem Gürtel geben!

Wenn es kein Juppstadt-Bezirk gibt können sich darin auch keine illegal festgehaltenen Menschen befinden. Ich möchte das nicht weiter ausführen. Juppstadt ist wohl die reine Erfindung eines Bisamites, der nun wiederum nicht existiert. Es scheint einen Typen zu geben, der offenbar seine Frau, die er Gabriele nennt, ermordet hat, und seine Tat einfallsreich zu verschleiern ver- sucht. Unsere zuverlässige Kriminalpolizei, mit der Aufklärungsrate von immerhin 0.1 % aller Verbrechen, mit nunmehr eingerichtetem Sonderdezernat 'Besamites', übrigens siebzehn- tausend Mann stark, weltweit operierend, wird den Fall schon aufklären.

Das war's. Mehr habe ich zu Juppstadt-Spinnereien eines Herrn Fick vom Magazin und seinem 'Zeugen' Herrn Bisamites nicht zu sagen! Ich danke für Ihre Aufmerksamkeit, meine Damen und Herren von der Presse.«

Herr Fick und ζ können sich vor lachen kaum noch halten, sie reißen sich aber zusammen, obwohl es ζ juckt zu motzen und ein Spektakel anzufangen.

»Sie unterlassen besser jede Äußerung an dieser Stelle. Sie sollten zu Ihrem und Beates Selbstschutz jetzt nichts unternehmen. Wir, mein Verlag und ich, machen das schon.« sagt Herr Fick zu ζ, und fährt in seinen Ausführungen fort:

»Sie fahren jetzt in Ihre Wohnung, die Sie mit Beate und Ihrem gemeinsamen Sohn, den ihr 'Prinz' nennt, unerkannt bewohnen, und bleibt dort bis morgen früh. Wir machen das schon!

Sie werden nun als Mörder gesucht. Wir müssen, auch ohne die angeblichen Leiche Ihrer Frau Gabriele, mit erheblichen

141

Komplikationen rechnen. Wir haben keine Angst, die sollten Sie auch nicht haben. Wir treffen aber alle Vorsorgen. Sie packen bis morgen früh alles zusammen was Sie mitnehmen wollen. Wir werden Ihnen eine sichere Unterkunft, ein 'sicheres Haus' genannt, besorgen und bereitstellen. Unser Spiel ist noch längst nicht zu Ende. Sie sollten sich aber etwas weniger auffällig kleiden Zeta. Sie glauben doch nicht im ernst, dass Ihre dunkle Brille, die Sie auch nachts tragen, Sie verbirgt, das Gegenteil ist der Fall. Wir werden Ihnen, nun aber auf Ihre Rechnung, neue Klamotten besorgen, Unauffälligkeit ist hier Trumpf.

Sie können auf Ihr eigenes Risiko unser 'sicheres Haus' verlassen wann immer Sie wollen. Sie sind nicht unser Gefangener.«.

ζ gibt Herrn Fick völlig recht.

ζ bespricht sich ausführlich mit Beate an diesem Abend.

»Herr Fick vom Magazin, ich habe zu ihm ein gewisses Vertrauen gewonnen, empfiehlt uns unsere Wohnung zu verlassen. Er will uns woanders unterbringen.

Er nennt das ein 'Sicheres Haus'. Bedenke liebe Beate, ich werde nun offiziell per Haftbefehl gesucht wegen des Verdachts meine Frau Gabriele ermordet zu haben.« sagt ζ.

»Hast Du Deine Frau ermordet Zeta? Bist Du deswegen nach Juppstadt verbannt worden?«.

»Wen hast Du denn ermordet liebe Beate, weswegen bist Du nach Juppstadt verbannt worden? Niemals habe ich meine von mir so geliebte Frau getötet, von Mord kann wirklich keine Rede sein! Wenn ich Gabriele ermordet hätte und erwischt worden wäre, säße ich jetzt in einem Zuchthaus!«. erwidert ζ.

»Warum sollen wir diese Wohnung verlassen Zeta. Wir leben hier doch seit Jahren völlig frei und unerkannt.«

Der letzte Satz wird sich alsbald als unrichtig erweisen.

»Bist Du da so sicher Beate? Denke immer daran, dass wir in

142

einem Staat mit weitestgehender Überwachung der Bürger von Seiten der Machthaber leben, wir hatten dieses Thema doch mehrfach ausführlich erörtert. Schon vergessen? Wir sind doch bislang unbehelligt geblieben, weil wir uns nirgendwo erfassen lassen. Keine Meldung, keine Konten, keine Scheckkarten, keine Anmeldung in Bücherhallen, keine U-Bahn-Monats- karten, keine Mitgliedschaft in irgendwelchen Organisationen wie, Handelskammer, Vereine, Krankenkassen- Rentenblödsinn et cetera. Wir sind niemals Verbindungen eingegangen, in denen unsere Identität verlangt wurde. Ich habe immer streng darauf geachtet. Das ist wohl einer der Gründe warum wir niemals Post erhalten haben. Wenn Du Post erhältst, hat jemand an Dich gedacht; an uns *soll* niemand denken, wir *wollen* nirgendwo registriert werden. Wir wollten doch als totale Anarchisten leben. Wir müssen im Untergrund leben. Du weißt genau warum, Du darfst das niemals verdrängen. Ich weiß etwas, viel über die Psyche der Menschen, sie verdrängen nur allzu gern was unbe- quem ist, sie verdrängen nur allzu gern was zwar Fakt ist, sie aber nicht als Fakt wahrhaben *wollen*! Ein namhafter Dichter, Du kennst und schätzt ihn, ich kenne ihn, bin aber ihm gegenüber reserviert, formulierte: 'Was nicht sein kann, auch nicht sein darf'. Hunderte Millionen Menschen haben das gelesen, Millionen haben das verstanden, aber nur einer, ich, zieht Konsequenzen daraus.«

Beate hat völlig recht, aber der Ficker, Herr Fick vom Magazin, weiß immer etwas mehr als er, der Ficker, äußert und zugibt.

Sein Spiel, sein Stil.

Beate und ζ machen sich bereit ihre Wohnung zu verlassen. Sie packen das Notwendigste ein und vereinbaren Beates versteckte Reserven zunächst in den Verstecken zu belassen.

Beate, Prinz und ζ suchen vereinbarungsgemäß Herrn Fick in seinem Verlagshaus auf.

»Wir haben alles für Sie vorbereitet. Wir bringen Sie jetzt in

Ihre neue, vorübergehende, völlig versteckte und völlig sichere Unterkunft. Sie haben hoffentlich in Ihrer Wohnung nichts zurück gelassen? Ich befürchte, dass Sie niemals dahin zurückgehen werden / können.«

»Tut mir leid Herr Fick, aber so weitreichend gepackt haben wir nicht, ich muss noch einmal zurück in die Wohnung, und mache mich gleich auf den Weg.«

»Sie nehmen aber meinen 750-ziger, nicht Ihren Wagen, den haben wir längst gebunkert.«

ζ fährt zurück in Beates, Prinz's und seine Wohnung und holt noch ein paar Sachen, aber im Wesentlichen Beates Rücklagen, Filme und andere Beweisunterlagen.

ζ kommt sich nachträglich wie ein Schwein vor, als er ohne Absprache mit Beate ihren Vermieter aufsucht. Ein Jucken in seinem rechten Ei verleitet ζ dazu.

»Ich möchte die Wohnung kündigen.«

»Schön Sie zu sehen Herr Bisamites?.«

ζ stutzt. 'Der Vermieter kennt mich doch nur unter dem Namen Kart-Hasse!'

»Hier haben Sie noch drei Monatsmieten bar-cash wie üblich.« überspielt ζ die Bemerkung des Vermieters.

»Niemand wird von mir jemals erfahren, dass Sie und Ihre Frau? Beate jemals in meiner Wohnung Gassenstraße 17 a, 22481 Stocken unter dem Namen E. Kart-Hasse gelebt haben. Viel Glück. Ich glaube Ihrer Darstellung dieser Juppstadt- Vorgänge. Mehr kann ich aber leider nicht für Sie tun. Alles Gute und grüßen Sie Beate von mir.«.

Auf dem Rückweg zum Verlag grübelt ζ:

'Wenn dich dein Vermieter erkannt hat, wer denn noch alles?'

'Wie soll ich das alles Beate erklären? Beate wird stinke sauer sein.'

'Der Herr Fick ist mir immer etwas voraus! Irgendwie ist er Lebens erfahrener, weiser? als ich oder nur skrupelloser?'

144

'Wie weit kann ich ihm trauen?'

'Wann wird er Beate und mich vollständig hintergehen und betrügen?'

'Beate, Beate, was baue ich nun schon wieder für eine Scheiße?'

Als ζ wieder im 'sicheren Haus' angelangt ist, berichtet er Beate voll Reue von seinen Schandtaten.

»Bist Du wahnsinnig Zeta, die Wohnung zu kündigen?«

»Irgendeine unbestimmbare Intuition hat mich dazu verleitet.« sagt ζ und fügt beschwichtigend hinzu »Diesmal darfst Du mir nicht 'mangelnde Spontaneität' vorwerfen liebe Beate.«.

ζ's Entscheidung erweist sich schon nach wenigen Tagen als richtig.

Nach der Pressekonferenz des Innenministers wird der Spieß umgedreht. Über die staatlichen Juppstadt- Tätigkeiten wird kein Wort mehr verloren. Verdrängen was zwar Fakt ist, aber was niemand als Fakt wahrhaben will!

ζ sieht sich nun, zwar nicht weltweit, aber doch landesweit, als Mörder seiner Frau Gabriele hingestellt.

Schlagzeilen in nationaler Presse:

"Wo ist die Leiche von Gabriele?"

"Polizei setzt zur Ergreifung des Bisamites 1 Million aus?"

"Wie viele Frauen hat Bisamites ermordet? Die Polizei ermittelt in 27 Fällen"

"Versteckt sich Bisamites wieder in Juppstadt?"

"Wo hat der Massenmörder Bisamites seine Leichen versteckt?"

et cetera, et cetera, et cetera, et cetera, et cetera, et cetera.

Fick's Magazin kontert scharf dagegen mit einem Artikel.

Der Artikel des Herrn Fick, diesmal in der Rubrik 'Innenpolitik' platziert, hat den Inhalt:

'Wo es keine Leichen und keine Mordmotive gibt, kann wohl nur schwer von Massenmord gesprochen werden. Die Polizei ist unfähig von den angegebenen 27 Leichen des Bisamites auch

145

nur eine einzige zu finden. Was hat der Staat mit Gabriele angestellt?

Wieso wird Gabriele tot oder lebendig nach wochenlanger Suche der SOKO 'Besamites' mit angeblich siebzehntausend Mann im Einsatz nicht gefunden?

Der Bereich, Juppstadt genannt, muss unter internationaler Kontrolle aufgelöst werden!'

et cetera, et cetera.

Das Magazin fügt wieder einen Kartenausschnitt vom Juppstadt-Bezirk, und etliche Fotos, teils ζ's, teils eigene bei.

Die gesamte Juppstadt-Aktion verläuft schließlich im Sande.

Nach zwei-drei Monaten ist Juppstadt vergessen und verdrängt, und die Öffentlichkeit wendet sich anderen, interessanteren Themen zu. Sex- und Drogengeschichten sind doch nicht ganz so langweilig wie GULAGS.

Zu Beates und ζ's Enttäuschung ist Nichts, aber auch gar Nichts, passiert, was Herr Fick geahnt und gewusst hat.

Am Zustand von Juppstadt hat sich nichts geändert, kein einziger Politiker oder Militär musste seinen Hut nehmen, Gabriele wurde nicht gefunden: passiert ist nichts. Die Bevölkerung wird Juppstadt wieder vergessen, und bei der nächsten Wahl die gleichen, besser selben, Spinner wieder wählen, und sich unglaublich frei dabei fühlen.

Herr Fick vom Magazin kommentiert:

»Ich hatte Sie gewarnt Beate und Zeta. Sie dürfen nicht vergessen:

There is no business like show-business.

Unser Magazin empfindet und bezeichnet sich als seriös, aber letztlich machen wir auch nur Show. Wir sind hier nicht in England oder den USA, in denen diese Affäre sicherlich Konsequenzen gehabt hätte. Unser Volk ist apolitisch und *wünscht* von den Herrschenden geknechtet und verscheißert zu werden.

Sie müssen es in diesem Land hinnehmen, dass 'Juppstadt' ein zu kleines Problem ist, damit sich wirklich etwas ändert. Ich selbst habe mir ein wenig mehr von unserer Aktion versprochen.«.

Die Auswanderung

Beate und ζ sind sich selbstverständlich darüber im klaren, dass das 'sichere Haus' des Verlags von Herrn Fick für sie keine Dauerunterkunft sein kann. Fick's Verlag drängelt sie aber nicht zum Auszug. Wenigstens sind Beate und ζ nicht ärmer geworden. ζ hat keine Ahnung, was er hätte an Tantiemen fordern können, aber der Verlag hat sich nicht lumpen lassen. Herr Fick und sein Verlag wird sicher gut daran verdient haben.
Gelegentlich sprechen sie mit Herrn Fick darüber, wie es nun weitergehen soll.
Drei Möglichkeiten werden in Erwägung gezogen.

erstens:
Beate und ζ nehmen das total anarchistische Leben, wie sie es in den letzten Jahren geführt hatten, wieder auf, eventuell in einer anderen Stadt. Sie suchen sich wieder eine passende, möblierte Wohnung, das dürfte doch nicht so schwer sein. Kfz-Papier- Fälscher dürfte es auch jede Menge geben bei der Auto-Diebstahlsrate in diesem Land.
Beate ist dafür, das heißt nicht ganz abgeneigt.
»So ein Leben hat doch einen Hauch von Abenteuer. Zeta.«
ζ gibt aber zu bedenken, dass das nur vorübergehend, maximal weitere fünf Jahre, praktiziert werden kann.
Mit Rücksicht auf Prinz ist das sicherlich nicht länger durchzuhalten.

zweitens:
Herr Fick das Schlitzohr bemerkt:
»Sie stellen sich einfach...«.
»Niemals!« rufen Beate und ζ wieder gleichzeitig, als ein- gespieltes Team.
»Zeta im Knast, ich in Juppstadt, und Prinz im Waisenhaus,

147

NIEMALS!« erbost sich Beate und ζ schließt sich ihren Worten vollständig an.

»Sie sollten bedenken, dass das die lukrativste Möglichkeit ist. Sie stellen sich Zeta, und Beate und ihr Sohn Prinz bleiben verdeckt bei uns. Wir werden sicherlich in unserem Hause einen Job für Beate finden, unser Archiv kann Unterstützung gebrauchen.«

ζ grinst, Herr Fick weiß ja nicht, dass Beate nicht schreiben kann.

»Meine Überlegung zielt auch darauf ab, dass das ganze Spektakel noch einmal von vorne losgeht. Sie sollten das nicht ganz außer Acht lassen. Sie werden rechtlich von unseren Anwälten betreut werden.«

»Aber doch nicht für den Preis, ich weiß nicht für wie viele Jahre soll ich hier im Knast ohne Einhaltung der

UN- Menschenrechtskonvention

zu sitzen.«

ζ grinst wegen der Bedeutung der Vorsilbe 'un' in seiner Sprache; Unsinn, Untreue, Unmenschlichkeit, Ungemach, unhold, unachtsam, unangenehm, unaufrichtig, unausstehlich, unanständig, unartig, unappetitlich…………..

»Außerdem ist mir das Risiko, dass die ganze Sache einfach totgeschwiegen wird und gar keine Anklage erhoben wird, unkalkulierbar groß! Schwupp zurück nach Juppstadt. Nein, nein Herr Fick, bei allem Respekt Ihnen gegenüber, darauf können wir uns wirklich nicht einlassen. Wenn der Staat meine Frau Gabriele ermordet hat und nun schwupp die Leiche ausgräbt und der staatsgläubigen Öffentlichkeit präsentiert, was dann? Eventuell wird der Staat mir alles Mögliche anhängen, vom Verstoß gegen das Melderecht, über fahren ohne Führerschein, Urkundenfälschung, die erfinden schon noch was, das Strafgesetzbuch in diesem Land ist dick, ich kenne mich da aus, ich habe es etliche male gelesen.« ereifert sich ζ.

»Sie haben ja recht Zeta, ich kann Ihnen das wirklich nicht zu-muten.« räumt Herr Fick ein, »Ihr Wort 'schwupp' muss und werde ich mir merken, wirklich gut: inhaltlich und phonetisch völlig im Einklang.« sagt Herr Fick und führt weiter aus: »Sie haben an dieser Stelle besser überlegt als ich. Ich gebe ja zu, dass ich wieder vorwiegend an den möglichen Verdienst über weitere Publikationen gedacht habe. Sie vergessen aber, dass Sie hier auch als Anarchist lebend erkannt werden können. Wir können dann eventuell nichts mehr für Sie tun.«.

»Vergessen? Herr Fick, wie könnten wir das vergessen. Wir haben etliche Jahre so gelebt und sind Profis im: "Tarnen, Täu-schen und Verpissen" geworden. Pardon Beate, Du weißt, dass ich mich manchmal etwas drastisch ausdrücke.« sagt ζ und führt weiter aus:

»Sie, Herr Fick, wissen doch noch weit besser als wir, zu wel-chen kriminellen Handlungen dieser Staat mit seinen Beamten bis in allen höchsten Ebenen zu Rechtsverletzungen fähig ist. Staatsvertreter bis in die höchsten Spitzen haben sich in ihren Ämtern schuldig gemacht w. g. Steuerhinterziehungen, Unter-schlagungen, Betrügereien, Erpressungen, Meineiden, Falsch-aussagen vor

Untersuchungsausschüssen, Falschbeschuldigungen, Morden? (mit Sicherheit!), GULAGS? (mit Sicherheit, denken Sie an Juppstadt). Immer, immer wieder.

Von den Machenschaften der hiesigen Polizei:

Wegelagereien, Erpressungen, Diebstählen, Rauben et cetera ganz abgesehen. Niemand ist krimineller als die hiesige Polizei. Die Kriminalitätsrate dieser Polizei liegt dermaßen über dem Schnitt der sonstigen Bevölkerung, dass mir jede Worte fehlen. Die Mafia sind 'Waisenknaben' gegen die hiesige Polizei.

Und wenn diese Beamte eindeutig gegen geltende Gesetze vorstoßen und Rechtsbeugungen des Staates, der die Gesetze

149

formuliert und auf deren Einhaltung, was ja unter anderem die Aufgabe des Staates ist und in Gesetzen formuliert ist, auf Grund von Gesetzen, lediglich, nach seriösen Untersuchungen, 1 % , aufgeklärt werden, und dann niemals irgendjemand zur Rechenschaft gezogen wird, ist das von unserer Seite, Beate und mir, nur noch 'peinlich' zu nennen!

Dieses Land ist nicht unser Land!«.

Herr Fick gibt ζ völlig recht. Der Unterschied ist nur: Herr Fick kann damit leben, weil er an dem System partizipiert, ζ nicht; ζ kann und will nicht so schleimig? angepasst werden, er und Beate wollen frei sein!

drittens:

Beate und ζ haben eigentlich nie über die Möglichkeit einer Auswanderung gesprochen. ζ hat längst über viele Stunden in schlaflosen Nächten das Verlassen dieses Staates erwogen.

Er hat doch zu Beates Unverständnis etliche Verfassungen anderer Staaten und deren Rechtspraxis gelesen.

Seine Überlegungen erscheinen ihm immer plausibler:

'In diesem Staat kann er, Beate und Prinz nicht weiter leben!' das ist ihm völlig klar.

g .bespricht sich mit Herrn Fick, den er irgendwie mag und dem er bei allen unterschiedlichen Auffassungen traut. So unterschiedlich sind die Auffassungen doch gar nicht!

»Ich möchte diesen Staat endgültig verlassen und mich woanders endgültig niederlassen.« sagt ζ eines Tages zu Herrn Fick.

»Sie verfolgen da eine wirklich gute Idee, ich hätte Sie Ihnen auch in kürze vorgeschlagen.« schwindelt Herr Fick.

»Wo können wir, Beate, Prinz und ich unter den vorliegenden Gegebenheiten hin? Sie sind der Profi.« schmeichelt ζ.

»Sie können fast überall hin. Ich stelle Ihnen eine Liste der Möglichkeiten zusammen. Wir sehen uns morgen wieder.«

Beate und ζ beraten sich die ganze Nacht über das Problem

150

einer Auswanderung und kommen darüber ein, dass sie sich anhören wollen, was Herr Fick dazu sagen kann und will.

Am nächsten Tag sitzt das Team Fick, Beate und ζ wieder zusammen.

»Wir haben eine rohe Liste zusammengestellt.«

ζ kuckt auf die Liste und stellt fest: fast alle anderen Staaten sind verzeichnet.

»Was soll das Herr Fick, den Globus kenne ich recht gut.« denn ζ kennt längst wieder die Namen aller Staaten der Erde. Alle? Aber die auf Fick's Liste alle.

»Wir haben weltweit recht gute Kontakte zu anderen Staaten. Sie müssen bedenken, kaum ein anderes Land weltweit mag, aus guten, Ihnen und mir bekannten Gründen, dieses Land.

Ihre Auswanderung in jedes dieser Länder werden wir unter Nutzung unserer sehr guten Beziehungen zu diesen Ländern realisieren können. Sie müssen eventuell mit bisschen Bakschisch rechnen.

Unser Angebot auf Vermittlung ist unverbindlich. Wir garantieren für Nichts. Sie entscheiden sich und wir werden unser Möglichstes tun.«

Beate und ζ sind perplex. Beate wird Happy und flippt fast aus.

»Ruhig Blut.« sagt ζ zu seiner geliebten Beate, »wir müssen unsere Auswahl eingrenzen.«.

»Wir sehen uns morgen wieder Herr Fick, Beate und ich müssen uns erst einmal ausführlich besprechen.«

»Unser Haus und ich verstehen das völlig. Sie sollten nicht übereilt handeln.«

Beate und ζ konferieren wieder die ganze Nacht lang.

»Lass uns so schnell wie möglich weg von hier. Bloß weg von hier!« sagt Beate.

ζ stimmt zu, aber wohin?

»Wo es warm ist, die Menschen nicht so verroht sind wie hier, wo noch eine naturverbundene Lebensweise existiert.

Ein möglichst kleines Land.« schwärmt Beate euphorisch.

ζ stimmt völlig zu, aber wohin? ζ gibt zu bedenken: »Es gibt einfach eine Sprachbarriere, wir sollten sie nicht unterschätzen. Welche Sprachen sprichst Du?«

»Eigentlich nur meine Muttersprache.« gibt Beate zu.

Damit kommen von Fick's Liste nur noch vier Staaten in die engere Wahl:

Englisch-sprachig, da ζ diese Sprache in Wort und Schrift hinreichend beherrscht, warm und überschaubar klein mit akzeptabler Lebensweise und akzeptabler Rechtspraxis.

Beate und ζ entscheiden sich für einen der vier aus der engeren Wahl.

Herr Fick vermittelt und es klappt in allseitigem Einvernehmen.

Beate und ζ sind nicht reich, aber mit ihrem Vermögen sind sie in diesem Land, in das sie auswandern wohlhabend und fallen dort niemandem zur Last.

Herr Fick lässt es sich nicht nehmen Beate, ζ und Prinz über die nächste Grenze zum nächsten Flughafen zu bringen, fahren muss wieder ζ der denkt, 'Wie kommt Herr Fick bloß wieder zurück nach Stocken'.

Abschluss:

Als Herr Fick sich am Flughafen von Beate, ζ und Prinz verabschiedet fragt er ζ:

»Sie sind seinerzeit aus Juppstadt entkommen, wie haben Sie das geschafft?, Sie sollten mir dieses Geheimnis verraten.«

»Es gibt da kein Geheimnis, Beate und ich sind, nachdem wir uns entschlossen hatten Juppstadt zu verlassen, einfach die Straße von Juppstadt in Richtung Norden gefahren. Als die Straße aufhörte sind wir per Kompass immer weiter nördlich gefahren. Irgendwie erreichten wir, ohne je aufgehalten worden zu sein, die Landstraße, die Sie kennen. Beate und ich haben keinerlei Erinnerungen daran welche Feld-Wald-Schotter-Wege wir noch gefahren sind. Wir haben einfach eine Sicherheitslücke im Riegel um Juppstadt gefunden ohne danach gesucht zu haben. Nobody is perfect.«

»Sie lügen nicht Zeta? Sie sind wirklich so wie Sie angeben aus Juppstadt herausgekommen?«.

»Ich lüge nicht, schwindeln kann ich schon recht gut unter Ihrer Anleitung ohne rot zu werden, aber dies ist die Wahrheit. Bye, bye Herr Fick und vielen Dank für alles das, was Sie für uns getan haben, ich denke wir bleiben in Verbindung. Sie sind mir zu einem Freund geworden.«

Beate, Prinz und ζ reisen aus mit provisorischen Pässen des Staates ihres Auswanderungsziels ausgestellt des Auswanderungslandes und reisen ein in ihre neue Heimat.

Bei der Ankunft im Auswanderungsland ist Beate euphorisch be- geistert, ζ ist auch begeistert, 'das sieht alles manierlich und ordentlich aus' nicht so verkommen wie in seinem Herkunftsland.

Alles ist auch manierlich und ordentlich. Dieser Staat verlangt aber im Zusammenleben Beate und ζ eine legitime Ehe, also heiraten Beate und ζ.

Beim Vollzug dieses formalen Aktes denkt ζ, wieder mit seinem inneren Grinsen:

'Jetzt bist du Bigamist geworden' und lacht.

Den Grund seines Lachens versteht wieder nur ER.